悪役令嬢に転生したので断罪エンドまでぐーたら過ごしたい

～王子がスパルタとか聞いてないんですけど!?～

斯波

Shiba

レジーナ文庫

マルコス
ユリアスの婚約者で、王子。
太りすぎのユリアスを痩せさせるため
過激なトレーニングを
やらせようとする。
ユリアス
前世が徳永花梨(とくながかりん)という日本人だった、公爵令嬢。
前世の記憶を取り戻すのと同時にこの世界が
乙女ゲームの世界で自分は悪役令嬢として
婚約者に断罪される運命だと知る。
特別な才能を持たない自分には、
断罪回避は無理だと早々に諦め、
ひたすら食生活の充実に意欲を燃やしている。

花梨の兄
ユリアスの前世の兄。
よく、オリジナルソングを
作っていた。
リゴット
食事会にユリアス達を
招待してくれた
隣国の伯爵家三男。
ルーク
マルコスの親友兼幼なじみ。
様々なマルコスの相談に
乗っている。
ラッセル
ユリアスの家の調理長。
ユリアスの記憶の中だけにある
料理を作る天才。
ロザリア
乙女ゲームのヒロイン。
だが、どうやら、ゲームとは
だいぶ性格が
変わっているようで——!?
登場人物紹介

目次

悪役令嬢に転生したので
断罪エンドまでぐーたら過ごしたい
～王子がスパルタとか聞いてないんですけど!?～

プロローグ

「――あ、私死んだんだった」

私が自分の死に気づいたのは、もうすぐ十歳になろうとしている頃だった。今まで生きていたのとは全く別の世界で、高そうなティーセットを使い優雅にお茶を楽しんでいる時のことだ。

多分、私はこの世界に、貴族の令嬢ユリアス・シュタイナーとして『転生』したんだと思う。

普通は前世の記憶なんてない。

私もこれまではそうだったんだけど、突然、前世の記憶が戻ってきたってパターン。

漫画や小説だと寝て起きたら～とか、高熱を出して～とかいう、ケースが多いらしいものの、私の前世の記憶が戻ったきっかけはスプーンにちょこんと載せられたジャムだった。

この世界でジャムといえば、パンに載せたりスコーンに載せたりして食べるのが一般的。でも、前世の私がいた世界では『ロシアンティー』といって紅茶にジャムを入れて楽しむ飲み方がある。

とはいえ、この世界にも似た物があるのか！　と感動して、記憶が蘇ったわけではない。

前世の私――徳永花梨が死ぬ直前、目の前にあったのがロシアンティーだったのだ。

その時、私は第何次になるのかは不明だが、友達と『ジャムを直接紅茶に投入するか、スプーンで口に運んでから紅茶を飲むか』論争でもめていた。

紅茶に入れたらその味だけだけど、スプーンで口に運べば何種類ものジャムを楽しめる。そのためスプーンで口に運んで飲む派を推しながらお茶をしていた私に、トラックが突っ込み、ズドンと音がしてそのまま……って形で私は死んだ。

『ロシアンティー』がトリガーになり、口にジャムの甘みが広がるとともに、日本人だった記憶がじんわりと広がっていく。

けれど正直、前世なんて思い出したくはなかった。

別に嫌な人生だったわけではないし、一瞬だったので死ぬ瞬間の恐怖も痛みも覚えていない。

ただ前世の記憶が戻ったことで、私は今世の死因を思い出してしまったのだ。

今世ではまだ死んでないのに？　って思うだろうけど、私はもうすぐ死ぬ。

私、ユリアス・シュタイナーは前世で流行った乙女ゲームの悪役令嬢であり、作中では十八歳の時に『癒やしの巫女』殺害未遂の罪で斬首刑にかけられるのだ。

殺害未遂で斬首って重すぎない？　前世ではなんとも思わなかったけれど、今、自分のことになればそう思う。

でも、それだけ『癒やしの巫女』という存在が貴重なのかもしれない。

巫女は千年に一度、神によって地上に遣わされるといわれている。

実際ついさっきまで私も『癒やしの巫女』に会ってみたいわ～なんて、ミーハー心を抱いていた。

だがこの世界が乙女ゲームで、私が悪役令嬢と知った今、数年後に現れるだろう巫女様にはさっさと天上にかえってほしい。

だって私、死にたくないし。

全部ゲームのシナリオ通りに物事が起こるなら、それを回避するように動けばいいのかもしれないけれど……こういうのって大抵他の道を選んでも同じ結果になるだけなのだ。運命からは逃れられないっていうのが、お決まりである。

第一、私はもうすでにメイン攻略対象である王子の婚約者になっている。つまりこの先もシナリオ通りになる可能性は高いということだ。

となれば、殺害未遂の罪に問われることからは逃げられないし、下手に足掻(あが)いたところで罪を被せられるだけかもしれない。

死は免(まぬが)れても、やっぱり断罪は必ずされるだろう。悪役令嬢が断罪されないと乙女ゲームとして成立しないし。

だったら何かするだけ無駄じゃない？

そもそも私、特別な才能とかないし。

ただ年が近くてちょうどいい家格の娘が私だったために王子の婚約者になっただけの話。

前世の時だって、死ぬ前の私は、ダラダラと生きて、適当に学校推薦使って大学に入って、適当にブラックに染まっていない企業に就職して、良い感じに暮らしたいって、考えていたのだ。

自分の行く末が斬首刑かと思ったら、なんだかヤル気が一気になくなっちゃった。

大画面のテレビで、カーレースしながら他人に亀の甲羅(こうら)をぶつけるゲームがしたい！

秋限定の、とろっとろの特製ソースと半熟気味のたまごが入ったハンバーガーが食べたい！

けれど、そう願ったところで、このなんちゃって中世ヨーロッパ風の世界にはそんなものはない。

そもそもゲームどころかテレビを作る技術だってないのだ。

ああ、ダルっ。私、なんで良い子にお茶会なんて出てるんだろう？

そう思った私は、この日を境に、真面目に生きるのがバカバカしくなってしまった。

そして毎日、どこどこのお菓子食べたい、ジャンクフードが食べたいと、ワガママづくしの生活を送るようになったのだ。

――とはいえ、前世の記憶を取り戻す前のユリアス・シュタイナーが良い子だったかといえばそうでもない。

さすが数年後に悪役令嬢ポジションを獲得するだけあって、それはもう自分勝手で、思い通りにならないとすぐに親の権力を振りかざす、ろくでもない女の子だった。権力のバランスがどうのなんて理由で婚約者にされた王子が少しだけ不憫に思える。

まぁ、自分がユリアスになった今は、同情なんて小指の第一関節ほどもしていないんだけどね。

なんといっても、将来自分に斬首刑を言い渡す男なのだから。

そんなことより、今日も今日とてシェフに頼んで作ってもらったジャガイモの素揚げを、箸に見立てた二本の棒で摘む。

日々改良を続けていたかの有名なポテチブランドの品には到底及ばないが、シェフこだわりの岩塩がなかなかに良いアクセントになっている。油から上げて速攻で塩を振ったのも功を奏したのかもしれない。

だが、ポテチのレベルが上がるごとに押し寄せてくる、とある欲望。

「ああ、コーラが飲みたい」

口の中に満ちたじっとりとした油を、しゅわしゅわと弾ける炭酸で一気に流し込めば、清涼感で満たされる。

一度知ってしまったら最後、『ポテチにコーラ』の至上最強のタッグからは逃れられないという噂は本当だった。

化学と数学が苦手で文系を選んだ私だが、頑張ればコーラを作れるんじゃ……なんて夢みたいなことを考えてしまう。

コーラのためなら！　と怠けきった頭をフル活用した結果、コーラを作るには『コーラの実』が必要だったことを思い出す。そしてお父様の書斎に忍び込み、植物図鑑をパクってくるところまでは良かった。

けれど、どの図鑑にもコーラの実に似た物は記載されていない。

さらにこの世界には炭酸水というものが存在しないらしく、炭酸水の詳しい生成方法を知らない私は、二段階目の挫折(ざせつ)を思い知ることとなったのだった。

第一章

それは、私が徳永花梨としての記憶を取り戻してから五年が経過したある日のことだった。

ここ五年、私の楽しみは食に偏(かたよ)っている。

そんな私に、婚約者であるマルコス王子が冷たい視線を向けた。

「ユリアス。お前……太ったな」

「いくら王子とはいえ、レディに向かって太ったとは失礼ではなくて？」

数日前に突然手紙で『城に来るように』なんて彼が言ってきた時から、何かがおかしいとは思っていたが、さすがに開口一番にそれはない。

いくら私が勝手に想像した、女性が呼ばれたくない二人称ランキング第一位『お前』呼びが似合うくらい格好良い顔面をお持ちとはいえ。加えて、性格的にも乙女ゲームのポジション的にも完全に俺様系とはいえ。

ひどすぎるのでは？

『少し身体が豊かになったんじゃないか?』とか『これで食料難がきても安心だな』とか、言い方っていうものがあるでしょう!

「俺だってこんなこと、言いたくて言っているわけではない。だがなぜ半年前に採寸したドレスが着られないのだ! それも太ると困るからと、大きめに作ったものだぞ! これでは今度の夜会にも出られないではないか!」

「ああ、そういえば夜会とかありましたね～」

完全に忘れてた。

王子の口の悪さにばかり気を取られていたが、彼のひどい物言いは私にも原因があったようだ。

けれど別に夜会に出たくなくて、わざと太ったわけじゃない。

シュタイナー家の調理長――ラッセルのスペックが想像以上に高いのが悪いのだ。

私が記憶を取り戻す前からあまたのワガママを叶えてきたラッセルだが、今では私の言葉をくみ取って異世界の食事を再現するまでになっている。最近では、いかに私の記憶の中にある味に近づけるか、日々研鑽(けんさん)しているのだ。

五年前の彼からは想像もつかないほど熱心で、自分の休日にわざわざ私の部屋を訪ねてきて試作品を食べてくださいと頼むほど。

もちろん全てありがたくいただいている。

美味しいものは美味しいと褒め、惜しいものは足りない点を指摘する。そうすれば、また美味しいご飯やお菓子が食べられるという幸せのサイクル！

ラッセルはひたすらメモを取っては、たまに長期休暇を取って食べ歩きや材料の買い付けのために各地を旅している。もちろん、食事のレベルがグッと向上するので、行ってきなさい！　とシュタイナー家及び屋敷の使用人一同は、力強く彼の背中を押していた。

今では彼の弟子になりたいとシュタイナー家の門を叩く者もいるのだとか。

シュタイナー家の料理人試験は城付きの料理人試験よりも難しいらしい。数少ない情報のみで未知の食事を作れ！　という試験内容に、多くの料理人は手も足も出ずに肩を落として帰るそうだ。お父様が離れに調理場を作ったのはラッセルの研究のためだとも聞いている。

着々とレベルの上がる我が家の料理は社交界でも噂になっており、月に一度開かれるシュタイナー家の食事会は、今ではすっかりグルメ貴族の集会と化していた。少し前まではお茶会で貴族らしく笑みの下での腹の探り合いをしていたというのに。

恐ろしき食の力。

私が着々と脂肪を蓄えていくのも、食の力が絶大なせいに違いない。

食の力を前にしたら、腹囲なんて些細な問題だ。

「そういえば、ではない！　今度はマクリーン公爵家の主催する夜会だから太るなと、何度も言っておいただろう！」

「そうでしたっけ？」

「そうだ！　ドレスが着られないからと参加を断るのも、もう三回目だ。はぁ……そろそろ本格的にどうにかしなければ……」

我慢できないとばかりにぷるぷると頬を震わせる王子。

ほっぺにすっかりお肉がついてしまった私とは違って、スラッとした体型の彼の頬には揺らせるお肉などほとんどないというのに……。よほど怒っていらっしゃるのだろう。

堪忍袋の緒が切れるのもそろそろ？

ならばストレスの原因を排除してしまうのが一番だ。

「婚約破棄でもします？」

婚約破棄してしまえば王子のストレスがなくなる上、私の死亡エンドも消滅する。

そして口うるさい彼がいなくなった後に残るのは、脂肪過多エンド。

医学があまり発達していないこの世界では、高血圧や糖尿病などの生活習慣病に罹っているかどうかを知る手段はない。だが、このまま進めば私はおそらく生活習慣病オールコンプリートを果たす。前世でゲームのスチルオールコンプはしたけれど、まさか乙女ゲーム転生で他のものをオールコンプするとは！　私には収集の才能でもあったのかもしれない。

私亡き後に残るのは才能を存分に伸ばした調理人達と、異世界の食文化――あれ、意外と悪くない。死ぬ前に異世界の料理をできる限りノートに書き残しておこう。

やっぱり美味(おい)しいものは独占するのではなく、他の人にも楽しんでもらいたいし！

どうせ婚約破棄後、次の相手なんてなかなか決まらないだろうし、時間はたっぷりある。一日三食＋(プラス)二回のおやつ＋(プラス)夜食を楽しみつつ、大事な書物を作らなければ！　と、使命感に火がつく。

脳内で順調に婚約破棄後の生活が描かれていく一方で、王子は私の名案に顔を歪(ゆが)めた。

「婚約破棄などするか！　第一、したところで俺以外に誰がお前を娶(めと)るというのだ」

「いや、別に私の今後とか考えていただかなくとも……」

私は私でしっかり？　今後のことを考えている。

だから何も王子がそんなハズレくじを率先して引くことはない。

実際、お父様だって太ったことを理由に婚約破棄されたところで怒ることはないと思われる。

なにせ、家族全員が食の魅力に取り憑かれ、食事の際には私にもっと食べなさいとすすめてくるくらいだ。ドレスが入らなくなっても『次はもう少し大きめに作らないとな～』とか『これは孤児院にでも寄付しておくからな～』とかで終わり。婚約破棄を突きつけられたところで、『婚約やめにしようって手紙きちゃった～』と、お茶の時間の笑い話にでもすることだろう。

万が一、お父様の機嫌がちょっと悪くなったなら、新作お菓子の作成を急いでもらえばいいだけ。

いざとなれば味噌・醤油の作り方が分からないために延期にしていた『お餅』を披露すればいい。

東方の国に存在するという『コメ』が、どれほど前世の私が食べていたものと近いかは知らない。餅米くらいの粘りけがあればいいが、なかった時はジャガイモでかさ増しすればいい。日本でもだんご粉に片栗粉を混ぜて作ったものも多かったし、方向性が大きくずれるということはないだろう。ただ醤油がないため、みたらしを作ることはできない。きな粉と砂糖を混ぜたものをかけるか、スープに入れるか、悩みどころだ。

甘くするならお茶会の時に出したいが、紅茶とは合わなそうだし……

緑茶文化がないことをこんなに残念に思ったことはない。となれば、ポタージュスープにおだんごを浮かべてもらおうか。

それならお茶会ではなく、満月の日にお夜食として食べてもらいたい。月に一度のお食事会のメニューとしてすすめれば、確実に父の機嫌は直るだろう。ポタージュスープは何にしてもらおうかな～、なんて考え出すと、自然と口内で唾液が生成されていく。

「――だがお前がこうなった原因の一端は私にもある。なぜ四年前の私は菓子でお前を釣ろうとしたのか……」

けれど王子は一向に退かず、なぜか責任を感じているようだ。

記憶を取り戻したばかりの私は一気にやる気をなくし、社交界への参加を拒否した。食事すら部屋に運ばせて、引きこもったのだ。

そんなことが半年も続き、心配して何度も手紙をくれ屋敷を訪れてくれていた王子はある日、王都でも有名なお菓子を多数持ってきてくれた。そしてそのプレゼントに私が手を付けたと知った王子は、次もその次も美味しいお菓子を用意してくれたのだ。

それらはどれも、前世でいろんなお店のお菓子を食べていた私の舌も満足の一品だった。

「王子の持ってきてくださったお菓子はどれも美味しかったです～」

お菓子が好きだと王子にバレてからは、彼は私に対するエサとしてそれを使うようになる。それにまんまと釣られて社交界に参加すること数回――やがて部屋から出るようになった私は、料理人とタッグを組み始めたというわけだ。

確かにこうなった原因の一端は、王子にあるのかもしれない。だが私は、美味しいお菓子をくれた彼への感謝の気持ちこそあれ、恨むなんてことはない。

だから気にせず婚約破棄をしていただければそれで……

「決めたぞ！」

拳を固めて宣言する王子。正直、嫌な予感しかしない。

顔をしかめて「何をですか？」と尋ねると、王子は真っ直ぐこちらを見つめる。

「ユリアスを痩せさせる」

「は？」

「ひとまず今回着られなかったドレスが着られるようになることを目標として、初めは食事制限だ。となれば善は急げ、シュタイナーの屋敷まで行くぞ！」

え、マジで？

王子ってこんなに熱血キャラだったっけ？

　悪役令嬢から見ると、好きになった女の子のために、それまで付き合いのあった女を切り捨てる男である。悪役令嬢に問題があったし、好意を寄せた相手が選ばれし者――『癒やしの巫女』だったのだから仕方のないことかもしれないが……決してワガママ放題の結果太った婚約者を痩せさせるような人ではなかったはずだ。

「おやめください、王子！　そんなことをされたら死んでしまいます！」

　いや、王子の性格なんて今は関係ない！

　テレビゲームが存在しないこの世界では、食事だけが楽しみなんだから！

「人はそう簡単には死なん！　実際、お前の半分ほどの食事量の俺は、こうしてピンピンしているだろう！」

「消費カロリーは人ごとに違うんですよ！　自分の感覚で測るなんて傲慢です！」

「お前の場合は個人差の枠からはみ出て、明らかに摂取カロリー過多だ！　最近はダンスすらせずにあんなに食べてるんだから太るに決まってる！」

「いやあああああ」

　私という重りを引っさげて、王子は馬車へと向かう。

　兵士達に交ざって剣の訓練をしているとは聞いていたが、細い身体にこんなパワーを隠し持っていたとは……

このままではシュタイナー家まで到着してしまうのも時間の問題だ。

そして私の食事量が制限されてしまう！

姑息だと知りながら、私は一度、王子から手を離して体勢を戻す。

「ついに諦めたか」

そう言って油断している王子の腰を両手で強くホールドし、かがんで下垂直方向に一気に体重をかけてみる。

「行かせませんよ！」

「ぐっ」

純粋な力では劣る。体重を重しにする作戦も効果は少ない。

ならば方法を変えればいいのだ。

この方法なら足に掴まっていた時よりも私の負荷は少なくなり、力も入れやすい。

前に進もうとする王子に引かれて、体勢が斜めになりそうになる。だがやや肉付きのいい指を王子の腰に絡ませて逆方向に引っ張れば簡単に彼の身体は大きくブレた。

「いつの間にこんな力をっ……」

「お願いです。食事制限なんてひどいこと、考え直してください」

「駄目だ。何としてもドレスが入るまでに痩せさせる！」

そして私と王子が格闘すること数十分――

負けたのは私だった。

ウェイトの利はこちらにあったものの、スタミナは圧倒的に王子のほうが多い。足の踏ん張りが弱くなった私を引きずって、王子は馬車の前に到着した。

「もう馬車だ。諦(あきら)めるんだな」

「くっ殺せ」

「あのな、俺は食事量を正常値に近づけるだけだ……」

「いやあああああ」

私の叫び声は、すぐに王子の手によって塞(ふさ)がれる。これも兵士達との訓練仕込みなのか、見事に口だけを覆(おお)われていて、鼻呼吸に移行すれば辛(つら)くない構造になっている。

だが、もしも私が人生二回目の鼻呼吸マイスターでなければ酸欠になっていたかもしれない。どうも最近、体力がなくなって息切れしやすくなっている。もっと太ってからこの技を使われたら……と想像してぶるりと身体が震えた。

『くっ殺せ』なんてお決まりの言葉を吐いただけで、本当に殺せとは思っていない。

ゲームヒロインさんが登場して、なんやかんやあって断罪・殺されるまで、もう少しこの世界のグルメを堪能(たんのう)したい。

数年後に死ぬことが確定していながら、なぜわざわざ食事量を制限して減量に励まなければいけないのか。

斬首じゃなくて追放にしてくれればな——

おそらく数年後、考えたら即行動なスーパーアクティブな王子のこの性格が発動するのだ。

恨めしく王子を睨み付けるが、口を塞ぐ手は動かない。

もしもこの世界に『スキル制度』があったら、間違いなく王子は『強行突破』か『猪突猛進』のスキルを持っているだろう。

けれどそもそも、この世界にはスキルがない。

ゲーム転生といえばステータス！　スキル！　俺・私・僕ｔｕｅｅｅｅｅｅ！　無双！チート！

どれか一個くらいあるものでしょう！

なんで私、よりによって乙女ゲーム、それも完全に恋愛要素しかないゲームに転生しちゃったんだろう……

一応、魔法は存在する。

でも、『癒やしの巫女』が神格化されていることからも分かる通り、魔法を使える者はごくごくわずかだ。それも生まれつきの才能ではなく、途中で開花するケースがほとんど。確かヒロインは十歳で癒やしの力が発生した設定だった。

私にも開花していない才能があるはず！　と前向きに考えられたらいいのだが、残念ながら悪役令嬢に特殊な才能がないことはゲーム内で本人の口から明かされている。

完全なる負け犬だ。

全ネガティブモードに突入し、結果的に良い子になった私に、王子はまた何かやらかすんじゃないかと疑いの目を向ける。

さすがに私も馬車に乗ってしまった今、ここからドアに向かってタックルをかますつもりはない。

いくら馬車の速度は地球の自動車に劣るとはいえ、こんなところから王子を突き落としたら怪我してしまうだろう。

落ちて軽傷だったら、そのまま立ち上がって追ってきそうだし……

完全恐怖体験は遠慮したい。

王子からの視線に居心地の悪さを感じたまま、私は待機の姿勢を貫き続けた。

ガタゴトと揺られること数十分。

ついにシュタイナー家まで到着する。

「お、王子!?」

うちの使用人達は突然の王子の訪問に驚いていた。王子は彼らに『シュタイナー公爵を呼んでくれ』とだけ告げて、私をずるずると引きずって屋敷に入る。どうやら馬車内で体力がすっかり回復していたようだ。

私なんてまだ六割の力を出すのがやっとなのに……

諦めて王子と共に歩けばいいのだろうが、そもそも王子も私が素直に歩くと思っていないらしく、今の私は荷物スタイルだ。王子と向き合った状態で座り込み、両手をがっしりと掴まれて引きずられている。

お尻は若干痛いが、ここで立ち上がったら王子に屈したことになる。

せめてもの抵抗として、少し息が上がってきた王子を鼻で笑った。すると王子の左目の下がひくひくと動く。

それでも私を落としていくつもりはないらしく、慣れた様子で客間に行くと、そこでようやく私から手を離して――は、くれなかった。

お父様が部屋に入ってきても、私の手をがっしりと掴んだまま。

「これはこれはマルコス王子。今日はいかがなさいました?」

「急な訪問をお許しください。実はシュタイナー公爵に折り入ってお願いがございまして……」

自分が呼びつけておいて首だけそちらに向けるとは、一国の王子様でありながらなんとマナーのなっていない行為だろうか。

私の食事量制限よりも、王子のマナー講習のほうが先では⁉

お父様もなんか言ってやって！　そうアイコンタクトを飛ばす。

けれど、ガンガン目が合うお父様は、ニコニコと微笑みを浮かべるだけだ。

「王子がお願いとは珍しいですね。どうされました？」

「ユリアスの食事量を減らしてほしいのです」

「それは……」

「もちろん、いきなり他のご令嬢と同じ食事量とまでは言いません。せめて成人男性と同じくらいまでは減らしたいのです。もちろん一日三食までで」

「成人男性と同じ……ですか」

突然の願いにお父様はおひげを撫でながら天井を見上げる。

成人男性をお父様とした場合、今の食事の七割ほどの量は食べられる。けれど、ひょろっひょろの宰相様みたいに小食な方を基準にされたら飢え死にしてしまう。

比較対象が固定化されていない場合、都合のいいほうに合わせてもいいのかな？

具体的な数値を表さない王子が悪いし！

王子ってばこんなところで抜けてるなんて、まだまだ子どもということだ。可愛いところもある。

私は思い切り両手を振って王子の拘束から抜け出した。

うっかりさんな王子が忘れているのは具体的数値の提示だけではない。

「王子、おやつが抜けてますよ！」

私の楽しみの一つである一日二回のおやつが抜けてしまっていた。うっかりさんだな～とぽんぽん肩を叩くと、王子は嫌そうな表情で腕をブンッと振る。

「うるさい！　おやつはそうだな……初めは隔日くらいにしておくか」

「二日ごとですか。つまり二回分の糖分を一回で摂取しろ、と。それは計画的に蓄える必要がありますね……」

「減らしてほしいと言っている側から増やすな！」

「全体量の調節をしているだけです！」

「一回の量が増えているだろう！」

「砂糖は私の動力です！　一定量摂取しなければ動けません」

「今だってろくに動いてないくせに何を言うか！」

「これでも動いているほうですけど⁉」

「威張るな！」

おやつ量をグンと減らそうとする王子ＶＳ引くつもりのない私。

戦いの火蓋（ひぶた）が切られた！　と思いきや――

「ちょっといいかな？」

私サイドに立っていると思われるお父様が、話を遮（さえぎ）った。

「何でしょう？」

「とりあえず一週間、こちらで量の調整を試みようと思う」

「お父様⁉」

「私も心配になってきてな」

「公爵……協力感謝いたします」

まさかの裏切りに、私の目の前が真っ黒になる。

これが絶望というやつか。景色がぐわんぐわん揺れて気持ちが悪い……

全身が振られるような感覚に襲われ、意識が保てなくなった私はそのまま床に倒れ込んだ。

◎　◎　◎

「――お姉様！」

「タイロン……」

目を覚ますと目の前には涙を浮かべた弟の姿があった。

「覚えてる？　お姉様は空腹で倒れちゃったんだ」

あれは絶望ではなく、空腹だったのか。お昼を食べたっきりでおやつも食べてなかったもんな～。お腹を摩るように撫でると、早く食べ物を寄越せ！　とばかりにお腹の虫の大合唱が始まる。

「今日のご飯、何？」

「お姉様のためにラッセルが作ったハンバーガーのフルコースだよ。部位ごとに焼き方やバンズが違うから食べ応え満点で、つい僕も食べすぎちゃった」

「付け合わせは？」

「フライドポテトとオニオンリング。お姉様の分は起きてから揚げるって」

「やっぱり揚げ立てをほふほふしながら食べるのが一番よね。よし起きよう」

そこに、王子の声がする。

「起きて早々、油ものを大量摂取しようとするとは、お前の胃袋はどうなっているんだ」

「婚約者が気絶から目覚めて早々、嫌みをぶつける王子様っていうのもどうかと思いますけど……」

窓に視線を向けると、お外は真っ暗。私がシュタイナー家に戻ったのが大体おやつ時を少し過ぎた頃だから、ゆうに数時間は経過している。

なのに王子はなぜまだうちにいるのだ？

もしかして私の食事量を監視するために残ってたとか？　そうだったら嫌だな～。

呆(あき)れ顔の王子にこれでもかっ！　と言わんばかりの歪(ゆが)んだ顔を見せつけると、はぁっとものすごく長いため息を吐かれた。

「心配して損した……」

「え、心配してくれたんですか？　王子が？　私を？」

「なんだその顔は……。俺だって婚約者が倒れれば心配くらいする」

「その婚約者を倒れる少し前まで引きずっておいて？」

「それはお前も悪いだろう！　もういい。帰る」

「あ、お疲れさまで～す」

「……どっと疲れが出てきた。本当に何なんだ、お前は……」

トボトボと立ち去る王子を、ブンブンと手を振って見送る。

そしてお待ちかねの食事タイム！

お父様も王子の手前あんなことを言っていたものの、私の前に並べられた食事は少し少なくなったかな？　程度。

「ユリアスちゃんが倒れたって聞いて、お母様心配で心配で……ほら好きなだけ食べて良いのよ」

「お姉様、僕のおすすめはサーロインです！」

「……まぁ、よく噛んで食べなさい」

冷静になって考えてみると、ゲーム内ではすっかり冷え切っていた家族は今や私にダダ甘。特に食事関連は甘やかしまくりだ。

今は両親と弟はすでに食べ終わっているが、自分達のお皿から分け与えてくれることもしばしばある。

あれ、痩せない原因って私以外にもあるのでは？

でも仲良きことは美しきかなって言うじゃない？

それが食べ物のシェア（一方的にもらうだけだけど）なら平和よね！

すっかりポジティブ思考に変わった私は、それから出されたものを全て平らげ、デザートのシャーベットも三度ほどおかわりをした。

「今日も美味しかったわ」

ナプキンで口を拭いながらそう呟くと、調理長のラッセルが私の食事中ずっとメモを取っていた手を止めた。

「お嬢様。五番目に食べたバーガー、ソースの量が多かったですか？」

「そうね。レタスに弾かれて、バンズに吸い込まれなかったのかも。でも味はちょうど良かったわよ。個人的には二番目のバーガーに使っていたセサミのバンズと合わせたものが食べてみたいわ」

「なるほど。他に何かお気づきになった点はありますか？」

「他にはそうね……パンを半分に切った後、内側になる部分を軽く焼いたら美味しいんじゃない？」

「なるほど……。次回は一、二口サイズのものをお作りしようと思っております」

一、二口サイズ、というとお父様の食事会ではなく、お母様のお茶会のメニューとして出すつもりなのだろう。

一般的にお茶会でお菓子の他に並ぶのは、サンドイッチであることが多い。それもハムやたまご、果実のジャムなどが挟まっているもの。そこにハンバーガーを並べるとは、なんとも挑戦的な試みである。『お茶会』という枠組みからはみ出てしまう。

けれどラッセルの目はギラギラと輝いている。

彼が成し遂げたいのは『枠から外れた試み』ではなく『新たな試み』らしい。

まさに調理人の鑑だ。

それを見守るお母様達の目も真剣そのものだ。おそらくハンバーガーを並べたお茶会は、シュタイナー家の分岐点となりうる。ならば私は家族の一員として知識を披露するだけだ。

「なら中身の野菜はレタスだけではなく、何種類か用意したほうがいいわ。ピクルスを入れてみるのはどう？」

「ピクルス、ですか？」

「酸味があるからソースの調整も必要になってくるけど、アクセントになるわよ。ハンバーグ部分に野菜を数種類練り込んでしまうというのもアリかもしれないわね」

「なるほど。いくつか実験的に作ってみます」

「美味しいものを食べさせてちょうだい」

「かしこまりました」

綺麗な四十五度の礼を披露したラッセルは去っていく。このまま調理場に向かうのだろう。

我ながら結構アバウトな指摘だったが、彼は今まで私の要望を数多く叶えてきた。きっと今回も美味しいものを作ってくれるはず。想像しただけでよだれが出てきそうだ。試作品が完成したら真っ先に私のもとに持ってきて、と伝えるのをすっかりと忘れていた。

まぁ、明日でもいいか。

◎　◎　◎

数日後。用意された試作品のハンバーガーを頬張る私の前で、紙束を手にした王子が指先でコンコンと机を叩いていた。

苛立ちＭＡＸであることは伝わってくるが、さすがにこれは見逃せない。ブラック企業にいる嫌みな上司でもあるまいし、音と動作で相手を威嚇するなんて、私が精神的に追い込まれたらどうしてくれるのか。幸い、私は慣れているから大丈夫だが、王子からこんなことをされたら圧を感じる人は多いだろう。

これはまだ婚約者という地位にとどまり続けている私が進言しておいたほうが良さそ

うね。ここで好感度が落ちたところで痛くもかゆくもないし。

そうと決まれば最後の一つを頬張ってから口元をナプキンで拭く。

「お嬢様、食後の紅茶でございます」

「ありがとう」

メイド長が用意してくれたほど良く冷めた紅茶をグッと飲み干して、ふぅっと息を漏らした。その間も全く手を止めることのない王子に視線を向け、決め顔で指摘する。

「王子、態度悪いですよ」

「分かっててやってるんだよ！」

「あら、口まで悪いわ……」

「数日前に送った手紙に返信がないからおかしいと思って来てみれば、相変わらず身体の中に兵士何人所属させているんだ！　と突っ込みたくなるほどの食事をお前がとっているんだ。態度も口も悪くなるだろう」

「え、さすがに人間は食べませんよ……」

「物の例えだ！　それでなぜ食事量が減っていないんだ！」

「……また倒れたら危ないじゃないですか」

「お前の身体は、維持するのにどれだけのコストがかかっているんだ。だから公爵にもお願いしたというのに……」

失敗だったか、とぽつりと呟く王子。

敗因は私をこの屋敷から離さなかったことだろう。ここにいる限り、お父様が鋼の心をもって私の食事量を減らしたところで、お母様と弟が分けてくれる。

一応反論をすると、私自身の食事量は気持ちばかりではあるものの、減っている。というか、炭水化物の代わりにタンパク質やビタミン豊富な野菜が増えていた。栄養学に詳しくない私でも身体に気を遣ってくれているのだと分かる食事だ。それでいて負荷にならない程度かつ、分け与えられても大丈夫なカロリーに作ってあるのだから、やはり我が家の調理長の実力は恐ろしいものがある。

先ほどまで食べていたハンバーガーも、私が指摘した箇所を重点的に直したものの他に、パン生地に工夫が取り入れられているものが作られていた。

前世でも食べたことのないものなので、何を入れているかまでは分からない。だが、これらは良く噛んで食べることで満腹中枢を刺激する狙いがある気がする。もしくはおからのようにお腹の中で膨らむタイプのもの。どちらにしても食事量を減らし、満腹状態を長引かせる工夫がなされていた。

ハンバーグには野菜が混ぜ込まれていて、女性陣に人気が出そうなものだ。私はもう二日に一回、お昼はこのメニューでいいとさえ思い始めている。それくらい美味しい。そんなラッセルの工夫によって食事量が減りつつある私だが、さすがに王子が提示した量まで減らしてはいない。

前世でテレビに出てる偉い先生が、ダイエットでいきなり食事量を減らすのは身体に良くないって言っていたし、やるなら美味しく健康的に痩せたいよね！　もっとも、私に痩せる意思はないのだけど……

「まぁ想像の範囲内だ。俺もその身体が食事量を減らしてどうにかなるとは思っていない。ということで、運動メニューを作ってきた」

「え……」

「安心しろ。兵士達の訓練よりは優しい」

「比較対象間違ってません!?」

運動なんて前世から嫌いだ。特に体育を全般とした、人にやらされるものは大嫌いだ。しかも王子の組んだメニューって嫌な予感しかしないし……

「屋敷でこなしてほしいが……お前の場合サボるかもしれないからな。三日に一回は俺も一緒にする」

「え、来るんですか……」

サボる気満々だった私の考えなど、バレバレらしい。

でもだからって、わざわざ来ることなくない⁉　運動できる彼と比較されそうで嫌なんだけど。

遅いからって途中で回数増やされたら……と考えると、サボらず自分のペースで行ったほうがまだマシだ。

思いっきり顔を歪（ゆが）めて見せると、王子は大きくため息を吐いた。

「露骨に嫌そうな顔するな。俺は城でもシュタイナー家でもどちらでもいいが」

分かっているようで何一つとして理解していない。

婚約者とはいえ、身分が釣り合っているからというだけで決まった相手だ。心を通じ合わせるのは無理な話なのだろう。私だって彼との関係を発展させていこうだなんて無駄なことはみじんも思っていない。

だから王子に伝わるようにわざとらしくため息を吐いてみせる。

「一緒にするのは確定なんですね……。私にも予定というものが」

「シュタイナー家の予定が入っている日はもちろん城で行うつもりだ」

「いや、そうではなく私個人の予定が……」

「ドレスも着られないのに何を言うか」

「くっ」

バレてやがる……！

予定を入れるべく夜会やお茶会などに今から出席をお返事するにしても、そもそもドレスが入らなければ行くことはできない。気軽な服装で会える相手など、王子以外にいないことはすっかりバレている。

本当は王子にだって気軽に会いたくはない。

だが以前『王子の前に出られるような服ではございませんので』と避けようとした時、この男は『それで俺がはい、そうですかと帰るとでも思っているのか！』と言って、城付きの針子を連れてきたのだ。そして頭と手、足の部分だけ布を開けてお腹部分をリボンで結ぶような簡易服をいくつかプレゼントしてくれた。押し付けてきたと言ったほうが正しいのだが、感謝はしている。

なにせこの服、食べても食べてもお腹が辛くならない。今では重宝しており、立派な着回し服である。

これがあればドレスなんかいらなくないか？　そう思っていたが、今ほどドレスが着られないことを悔やんだ日はない。

「メニューは状況に応じて変えるつもりだ。とりあえず、このメニューを明日から開始してくれ。――明明後日には来るからちゃんとやっておけよ」

やれよ、いいな？　と釘を刺す王子を半ば追い出す形で見送ると、手の中に残ったメニューに視線を落とす。

「ぐぇ」

そこに書かれていたメニューに、思わずカエルが潰れたような声が漏れた。

確かに兵士の鍛練内容よりも軽いのだろうが、私が実践するには多すぎる。なぜ王子はドレスが入らなくなった私にスクワットが三十回もできると考えたのだろう。十回一セットにしたとしても、初日からこんなことしたら膝がやられそうだ。せめてウォーキングとか軽いものから始めてほしかったわ。

こんなメニューやってられない！

とはいえ、運動不足であることを自覚していた私は、転生してから初めて自主的に運動をした。

日本人としての一般教養、ラジオの声に合わせてする体操を――

ちゃんちゃっちゃらっちゃっちゃちゃ、とお馴染みのリズムを口ずさみつつ始めた前世ぶりの体操にドッと汗が噴き出る。

第一だけでやめておけばいいものを、懐かしさのあまり第二までしてしまった。

意外と消費カロリーが高いという話は本当だったようだ。だが息切れは起こしたものの、運動不足の身体でも最後まで踊りきることができた。夏休みにスタンプ欲しさに神社に通い詰める子どもから、老人ホームのおじいちゃんおばあちゃんまでが愛するだけのことはある。

最後の深呼吸に突入した頃には達成感を覚え、これくらいなら続けられそうというラインでプログラムを終了するなんて、考えついた人は天才だと思う。

いきなり過酷なメニューを手渡してくる王子に、爪の垢を煎じて飲ませたい。

――この日から私の日課にこの体操が加わった。

これを始めてから数日は軽い筋肉痛が起きたものの、日常生活に支障を来すことはない。むしろご飯をいつもよりも美味しく食べられるし、夜はぐっすり眠れる。

世界は異なるが、開発した人に感謝の言葉を捧げよう。

――そして、できることなら、これだけをこなして全力疾走できるほどの体力を手に入れたい。

だが現実は残酷だ。

私が逃げる力を手に入れる前に魔の手は迫ってくるのだから。

ノックもなしにレディの部屋に入ってきた王子は、私を見た瞬間、盛大なため息を吐いて頭を抱える。

「やはり俺の渡したメニューをこなしてなかったか……」

「あー、一応やろうとは思ったんですよ？　でも限界ってあるじゃないですか」

「なぜお前はピンピンしているんだ。限界までしたなら今頃、筋肉痛で苦しんでいるはずだろう」

初めからこなすことを前提として作られていなかった、と。

そして私はまんまと王子の策にはまってしまったというわけだ。

「……今日のところは負けを認めましょう」

「認めなくていいから運動しろ」

「運動自体はしましたよ」

「そんな見(み)え透(す)いた嘘をつくな。……まぁいい。どうせ今日は逃げられないんだ」

わぁ、俺様系キャラから言われてみたい台詞(せりふ)ランキングで上位にくる、『俺から逃げられると思っているのか？』の亜種だ。

全然嬉しくないけど。

「ユリアス、こっちへ来い。早速今日のメニューをこなしていくぞ」

「……はぁい」

今日のメニューは過酷ではなさそうだし、仕方ないから付き合うか……

渋々ではあったものの、王子のもとへ足を向ける。

「動くからこれ穿いとけ」

「ありがとうございます。というか短パンあるなら先にくださいよ！」

「短パン？」

「あ、ショートパンツ派ですか？」

どっちでもいいけど、動きやすそうなパンツが与えられるのはありがたい。いつもの体操でぴょんぴょんする時は、ワンピースではどこか心許なかったのだ。

私は王子から受け取った短パンをその場で穿いて、お腹周りのリボンを簡単にほどけないように結び直す。

「ユリアス……俺の前だからいいが他の男の前でそんなことするなよ」

「え、しませんよ。王子の前だけですって」

「お前、俺を男として見てないな」

「そういう王子だって、私のこと女として見てないじゃないですか」

「十分女扱いしているだろ……」

これで女扱いしてるって、男だったらどれだけスパルタで訓練するつもりだったんだろう。想像して少しだけゾッとする。

だが、そもそも私が男だったら王子の婚約者にはならなかった。

つまり悪役令嬢として決められた結末もなく、私も今まで通りの生活を送れていたことだろう。それ以前に、私みたいな異世界の人間が転生してくることもなかったかもしれない。

もしもの過去なんて想像したところで、現実に変化はないのだから考えても無駄だ。

私は私。それ以外の何者にもなれはしない。たとえそれが他の選択肢を選んだ自分であったとしても、違う道を歩んだ時点で別人なのだ。

「それはありがとうございます～」

「なんだその気の抜けたような感謝は……」

「まぁまぁ。さっさと今日のメニューこなしましょう」

「……まずは簡単な準備運動から開始するぞ」

こうして私と王子は、運動を始めるのだった。

◎　◎　◎

一時間後――当たり前のように切れる息と悲鳴をあげる身体。

確かにスタートは屈伸や身体の曲げ伸ばしなどの簡単な準備運動だった。けれど、そこからバーピージャンプに移るなんて予想もしていなかった。

兵士の鍛練よりも楽といいつつ、メニューそのまま使っていない!?

私がサボった筋トレのメニューを全く考慮されていないどころか、あっちのメニューのほうが楽だったのではないだろうか？

サボった罰か嫌がらせか何かかと思い、王子の顔をちらりと見る。けれど彼は真剣そのもの。私よりもずっと多い回数をこなしつつも、こちらに『ゆっくりでいいぞ～』なんて声をかける余裕まである。その上、私が回数を飛ばすとぴしゃりと指摘をしてくるのだ。きっちり回数をこなすまで止まることは許されず、休憩時間まで決まっている地獄っぷり。

「やっと終わった～」

私はバタリと倒れ込み、ゆっくりと深呼吸を繰り返す。

今の気持ちを表すと、逃亡を達成したカンダタだ。彼も他の罪人達を陥れようとしなければ、お釈迦様の前で長い苦行の末の解放感に包まれていたに違いない。

自分の体温で温まってしまった床はぬるく、私は新たな場所を求めてゴロゴロと転がる。汚れるのは承知の上。メイド達には悪いが、どうせ汗だくの服は気合を入れて洗ってもらわなければならないのだ。

「冷たくて気持ちいい」

冷えたスポットを見つけ出した私は、小さくコロコロと転がりながら熱くなった頬を冷ました。王子が冷たい視線で見下ろしてくるが、気にしたら負けだ。視線で身体は冷えないのだから。

「もう少し休んだらランニングをしようと思っていたんだが……」

「無理」

なんてことを言い出すんだ！

スマホのバイブもびっくりするほどの速さで首を左右に振る。王子にも私の本気が伝わったらしく「だろうな」と零した。

ああ、これで解放される……

すっかり安心していた私は次の瞬間――地獄に突き落とされる。

「ウォーキングに変更しよう」

「あなたは悪魔ですか⁉」

「人間だが？」

「もう動きたくないです！」

人の心を持ち合わせていない王子から距離を取り、カーテンにしがみつく。

だが、必死の抵抗もむなしく、王子がため息を吐きつつ悪魔のような言葉を口にする。

「仕方ない……。屋敷内五周にしてやる」

「何周するつもりだったんですか⁉」

「屋敷の外二十周」

「お願いだから現実を見て！」

私の叫びは届くことなく、お高い懐中時計で計られていた休憩時間が終わると、彼は私の手を引いて屋敷を歩き始めた。

きっちり五周。

気分は運動好きの主人に無理やり付き合わされる犬だ。

前世ではたまに嫌そうに散歩させられている犬を見かけることがあった。首輪にお肉が乗っかってて可愛い！　と見ていたが、今になって思う。

無理やりは良くないって……

おトイレ事情だったり病院の先生からお散歩は長めにしてくださいって指示が出ていたりと様々な事情もあるのだろう。だが今の私と同じ状況の子は休ませてあげて。

体力ないくせに、逃亡が何度頭を過ったことか！

これはさっさと体力をつけて逃げるか、痩せるかしないとやばい。ただでさえ重い身体にこの運動量は負担が大きすぎるのだ。

頬に汗が伝う感触に思わず背筋が凍り付く。おそらく脱水だ。そうでなくても体調不良のシグナルであることは間違いない。

さすがにこんな運動を続けるのはまずいと本能的に危険を察知し始めている。

「うーん、少しやりすぎたか……。明日は休みでいい。しっかり休め」

王子に言葉を返す余力すらない。小さく首を動かすと、王子は「悪かった」とだけ短く告げて帰っていった。

反省してもらえるのは嬉しいが、できればもう少し早く気づいてほしかった。明日は筋肉痛だけでは済みそうもない。明後日もまともに身体が動くかどうか怪しいものだ。

「お嬢様、どうぞ」

「ありがとう」

メイドが持ってきてくれた水をゆっくりと飲み、息を整えていく。

体内の水分量が戻ったことで少しずつ頭の回転が平常時に戻ってきた。だがこの状況から逃げ出したい私は、頭の中で盛大な現実逃避を開始する。

【急募】成長チート系スキル。※主に体力、ＨＰ。

こんな感じのクエストでも出せば、誰か売ってくれないかしら？

でも、ギルドに発注したところで、こんな敵も達成条件も分からないクエストは誰も受けてはくれない。

なにせ、この世界にはスキルを譲渡する手段やアイテムが存在しないのだから。そしてスキル自体も存在しない。

もしも似たような魔法が見つかったところで、貴重なので、たかが公爵令嬢の手に渡ることはまずないと思う。

けれど願わずにはいられない。

だって転生者だもの。

夢くらいビッグなものを抱き続けたいじゃない。

◎　◎　◎

王子のスパルタ鍛練をなんとかこなすためには、二日間の筋トレは必須だった。

正直、筋肉痛でラジオに合わせてするあの体操すら踊り終えるのがやっとなのに、だ。

けれど痛い身体をどうにかしてでも、一セットを分割してでも、規定量をやり終えなければ生き残ることはできない。

だが、よく考えて。

筋トレばかり続けたところで本当に痩せるのか。

答えはＮＯだ。

もちろん代謝が上がったことにより消費カロリーは増加したと思われる。

だが私、というか王子の目標はあくまで『ドレスの入る身体にすること』。つまり筋肉をつけた結果、体格が良くなればドレスを着ることなどできないのである。

なぜそんなことを言い出したかと言えば、一般の人よりも早く私の身体が筋肉質になっていったからだ。

元々肉が沢山ついていたせいに違いない。

おまけにラッセルの努力により、毎日非常に栄養バランスの整った食事をとっている。

その上、私の大好物は肉――つまりは筋肉のもととなるタンパク質なのだ。

こうして逃亡に必要な筋力と体力を身につけたところまでは良かったが、王子の鍛錬は日に日に本格化してきた。

王子はまさか私を軍人にするつもりだろうか、と何度頭を過ったことか。

王子と同じ鍛錬を行っている兵士達がごりっごりのマッチョメンじゃないことが不思議だ。きっと脂肪や筋肉がつきづらい人ばかりが集まっているのだろう。もしくは王子の見ていないところでそこそこに手を抜いているか。

私はマンツーマンで常に監視されているから、ほど良く手を抜くということができない。一方、王子が私のところに来ている期間は兵士達の前には王子がいないということで、つまりその時間は好きにサボれるというわけだ。

羨ましいことこの上ない！

三日に一回でいいからその立場を代わって。

今日も今日とて、私は王子の鍛錬から逃亡できなかったことを悔やみながら、美味しいご飯を待つ。

「お姉様、あーん」

「あーん」

先に食事をとっていた弟のタイロンが分けてくれたジェラートは、未だほてっている身体に染み渡った。

トレーニングを始めたばかりの頃は過度の疲れで食事もあまり喉を通らなかったのだが、今では慣れたものだ。

直後は床にへばりついているものの、王子が帰った後しばらくすれば自ら立ち上がることができる。今では王子が部屋から立ち去る際には『もう立てない……』『辛(つら)い……』と演技をする必要さえ出てきた。

もちろんこれは運動量を過度に増やさせないためである。だがそんな努力ももう少しで終わりだ。

なぜならあと二ヶ月と経たずに乙女ゲームのシナリオが開始するのだから。

プロローグに当たるのは学園の入学式。その日、攻略対象者のほとんどがヒロインと出会い、シナリオを進めていくこととなる。一部の隠しキャラのみ特殊な発生条件を達成することが必要で、シナリオ開始からしばらくしないとルートに入るどころか顔すら見られないが、メイン攻略キャラの一人である王子は別だ。

というか、王子ルートこそが王道である。他のキャラクターの条件がこなせなかったらとりあえず王子ルートに入るのだ。

複数あるエンディングの一番上、真相エンドにたどり着くには特殊な条件をクリアしていくことが必須だが、一番簡単なノーマルエンドは乙女ゲーム初心者でも簡単に見られる仕組みになっている。

ちなみにこのゲームにバッドエンドや、シナリオ途中でのゲームオーバーは存在しない。ヒロインはいろいろあっても元気に卒業していくし、最低でも王子とは仲良くなる。

つまり入学さえしてしまえば、王子は私に構う暇などなくなるのだ。

同時に私のバッドエンドが近づいているということでもあるが、それはもう腹を括っている。地獄の鍛練から三年間も解放され、好きに飲み食いして暮らせるなら、私は次の転生もあまんじて受け入れる心積もりだ。

次はどんな世界で、どんなものに生まれ変わるんだろう？

また人だといいな～。できれば今度は簡単に殺されない・死なない人物でお願いします。

ぽっくりと死んでしまった前世と、簡単に死んでしまう今世――どっちも意外と楽しかったけれど、享年二十歳を超えられないというのは悲しいものだ。

食事を終え、自室でふと空を見上げると、暗闇を照らすまん丸のお月様が目に入った。

ああ、前世ではこんな日によく海藻音頭を踊ったものだ。

海藻音頭は子ども向けのアニメで使われた盆踊りをベースとした簡単な踊りだ。ただし満月の日に海藻音頭を歌いながら踊ると海藻王子の加護を受けることができるという、一種の都市伝説的なものが流行っていた。

加護の内容は髪の毛がさらっさらになるとか、髪の伸びるスピードが速くなるとか、艶のある黒髪になるとか……。一つ一つ挙げればキリがないのだが、全て髪の毛に関するもので、一部の人が喜びそうなものばかりだった。ネットの掲示板から出た噂で、もちろん科学的根拠はない。だがネット上ではあるものの、意外にも海藻王子の加護を受けられたという報告は多かった。

ものは試しと実践してみる人も多く、夏場のプールと海で髪の毛がギシギシになっていた私もその一人だ。トリートメントを使えばマシになるのかもしれなかったが、学生のお小遣いというのは少ない。雑誌にお菓子、服にコスメと買いたいものはいくらでもある。トリートメント代が浮くかもしれないと思い、すぐに飛びついた。そしてそれは友達も同じだ。

みんなで満月の日に集まって、変な歌を歌いながら盆踊りによく似た何かを踊る。

今になって思えばなかなかにシュールな光景だ。結果として海藻王子の加護が受けられたのかは定かではないが、満月を見て思い出すくらいにはいい思い出だった。

「かいそ～うおおんどぉ　ゆっらゆらゆれ～る～　わっかめ！」

前世を思い出して一曲歌って踊ってみると、やはり楽しい。

ここに友達がいればもっと楽しいが、それはワガママというものだ。一人でもう一回！と初めから踊り始める。そして終盤にさしかかった頃、嫌な音がドアの方向から聞こえてきた。

そう、ドアが開く音だ。

楽しくて声が大きくなっていたかもしれないが、家族や使用人達なら空気を読んでスルーしてくれる。何か急ぎの用があっても必ずノックはする。けれどノック音は一切聞こえなかった。

この部屋にノックなしで入ってくる人なんて一人しか思い当たらない。まさか――と思いゆっくりと振り返ると、そこには想像通りの人物が立っていた。

「…………………何を、しているんだ？」

「王子……」

王子がシュタイナー家から去ったのは私が食事をする前のこと。

つまり一刻以上も前。我が家から城まではそこまで離れておらず、数十分で城に帰ることが可能だ。忘れ物をしたにしても王子が直々に足を運ぶ必要性はないし、そもそも遅くとも三日後にはまた来るのだからその時でいい気がする。

なのになぜ――

私にとっては、疲れた身体で布団に埋もれているのがベストな光景だっただろう。運動が終わってしばらく経った後に自主的によく分からない踊りを踊っていたと知られれば、今後の鍛練が大きく変わってしまう。今までの迫真の演技も全て水の泡だ。

「どうか、なさいましたか？」

三日後を想像してふらつきそうな頭でやっとひねり出した言葉。けれど王子はそれに答えることはない。

「何をしていたんだ？」

「え？」

「何を、していた」

質問に質問で返すなと言わんばかりに繰り返す。

やっぱり怒っている……

王子の苛立ちゲージはいつもよりもさらに溜まっているらしく、呆れた表情もなければ眉間に皺も寄っていない。頬のひくつきもない、無表情だ。

イケメンの無表情ってこんなに怖いのか……

「えっと、それは……」

直視できずに思わず目を逸らす。

嫌々ＭＡＸで運動を続けていた私が、緩やかな動きとはいえ自主的に運動していたことが、王子はよほど気に入らなかったらしい。せっかくあともう少しで解放される予定だったのに、なぜ私は海藻音頭なんて踊ってしまったのだろう。少し前の自分を恨んだところでもう遅い。

無駄口さえも許してくれそうもないこの空気感に、私は何を告げるべきか頭を抱える。

「それは？」

「……腕の曲げ伸ばしと手首の運動です」

苦し紛れに出てきたのは、やはり無理があるものだった。

詰んだな……

明日から運動量が一気に増やされる未来が見え、私は空を見上げる。そしてよせばいいのに、よく回る口を開いた。

「簡単な動きですけど、意外と気持ちいいんですよ。寝る前にはこうしてストレッチしているんです」

「……そうか」

王子はそれだけ告げると、部屋から出ていく。

結局、どんな用件があったのかは分からずじまい。けれど不思議なことに私の運動量が一気に増えることはなく、また、それ以降、王子が海藻音頭に触れることもなかった。

その代わり、運動後、王子が変な動きをするようになる。

両腕をゆらゆらとひたすら揺らすだけの行動に一体どんな意味があるのか。

ツッコミを入れたいところだが、触らぬ神に祟りなし。

私は渾身のスルースキルを発揮することにした。

第二章

「入学式、楽しみですね！　王子！」

　私と王子は今、乙女ゲームの舞台でもある王立学園に向かう馬車の中にいた。

　多くの学園ものの乙女ゲームがそうであるように、このゲームでもプロローグは入学式である。

　私が過去の記憶を取り戻してから早六年――やっとヒロインのご登場だ。

　癒(い)やしの巫女(みこ)が見つかったという噂(うわさ)は聞かないが、王子はすでに陛下からお話を聞いているに違いない。ゲームシナリオと同じ流れでヒロインに声をかけるはずだ。

　乙女ゲームでは、庶民出身で継母からいじめられていたヒロインが王子の目にとまり、『庶民のくせに王子にお声をかけられるなんて！』と激怒した悪役令嬢がいじめに走る。

　つまりイベントの発生は私の目の前ということだ。

　そこでいじめを開始しなければ断罪エンドから脱せられるのかもしれないが、『イベントの強制力』なる見えない鎖(くさり)が存在すると、私は考えている。私がどんなに回避しようとしても、必ずイベントが起きてしまう、というやつである。

もうそればかりは仕方がない。どうせ死ぬなら学園生活もとい余生をエンジョイさせていただこう。ヒロインなんかに構っている余裕はないのだ。

そんなわけで、なるべく王子と一緒の行動は避けたかったのだが、彼は朝日が昇るよりも早く我が家のドアを叩いた。

まるで私が逃げることを想定していたかのよう。

起きたらすでに部屋に王子がいたため、日課のラジオ体操は今日で連続記録が途絶える形となる。悲しみにくれながらも王子の監視のもと、身支度を終え、食事も一緒に済ませた。

ここから、ではそれぞれの馬車で登校いたしましょう～と言って、王子の馬車を撒くなんてできるはずもない。結果として、同じ馬車に乗り合わせたのだ。

だが、まだ私は諦めていない。

初めのタイミングこそ逃したものの、王子は入学生代表の挨拶を任されており、逃げる機会はまだいくつか存在する。

春――それは出会いの季節。そして同時に別れの季節でもあった。

ヒロインに構う時間が長ければ長いほど、私が王子から逃れる時間も増える。その流れで関心もそちら側に……。そうなればキツい運動ともおさらばでき、私の気ままな食生活が再開する。

はしゃがないわけがない。

馬車の窓にかけられたカーテンの端を摘み、外を眺めていると、王子が呆れた視線を寄越す。

「なぜそんなにはしゃいでいるんだ」

「学園ですよ!?　はしゃぎますよ！」

「そんなに人との交流に飢えていたのか。そうだと知っていれば、もう少し過酷なトレーニングメニューを組んでいたのに……」

出たな、王子の筋肉脳。

なんでもトレーニングと関連づけようとするのは、王子の悪い癖だ。

今のところ一番の被害者は私か、王城の兵士さん達だが、この癖をヒロインや他の生徒達相手に発生させないことを祈るばかりだ。もちろん矛先がどこかに向いていなければならないということだったら、喜んでヒロインに押し付ける。それがいじめと言われるのなら、その時はあまんじて断罪エンドを受け入れよう。

だからとりあえず、今はトレーニングはなしの方向でお願いしたい。

「あ、いえ別に人との接触に飢えていたわけではないですし、トレーニングは今ので精一杯なので……」

「だが……」

「ドレスが着られる体型を維持することもできましたし、こうして制服だって学園指定のものを着ることができています！　何も問題ないです！」

「だがその制服、型紙サイズがなかったと聞くが……」

「貴族たるもの些細なことで心を乱すべからず、です」

「全く些細ではないと思うが」

王子の冷たい視線に「入らなかったのは主に腕です！」と叫びたくなったのを頑張ってこらえる。

そんなことを言えば「バランスが悪かったか！」と他の部位を鍛えるトレーニングが増やされるのがオチだ。もしくは「他の部位を基準にしたところで一番大きなサイズになっただろう……」と苦笑されるか。

あのトレーニングのおかげで、私の身体はそれなりに引き締まった。

短期間でこれだけ絞れれば良いほうなのに……

とはいえ、比較対象が存在しない今、そんなことを告げても無駄である。

それにもう少しすれば王子は小さめの制服に身を包む女の子と出会うのだ。おおかた「あんな巨体連れてやがるぜ～」なんて陰口に耐えられなくなることだろう。

もちろん私はそんな陰口を叩いた輩の顔はきっちりと記憶して、絶対に許さないノートに名前を書き込んでやる。

陰口を言う奴とその親族に食わせる地球グルメなどないのだ。

我が家のお茶会も夜会も出禁にしてやるわ！

私はまだ見ぬ不敬な相手にファイティングポーズを構える。

「何を変な顔をしているんだ。そろそろ着くぞ」

レディに向かって失礼な言葉を向ける王子を一睨みしつつ、乙女ゲームの舞台へ一歩踏み出したのだった。

馬車から降りて講堂へ。

手を引かれてやってきたのは、前から四列目の端っこの席だった。

名前順かな。席にはご丁寧にも『ユリアス・シュタイナー様』と名札が貼られている。

ちなみに、代表者挨拶がある王子の席は一番前だ。

さっさと自分の席に向かえばいいのに、王子はじっとこちらを見る。

「マルコス王子？」

早く自分の席に行きなさいよ！　と圧を込めつつ名前を呼ぶと、王子の視線はじっとりと疑い深いものに変わっていった。そしてゆっくりと顔を近づけてくる。そのまま彼の口は私の耳元とくっつきそうなほど距離を詰め、小さな声で囁いた。

「まさかとは思うが、抜け出そうとは考えていないだろうな」

「はぁ!?」

何かと思えばそんなこと!?

予想外の言葉に思わず大声を出してしまい、口を押さえる。

さすがに式典途中に抜け出そうとは考えていない。逃げるとしたらそれは式典終了後、王子がヒロインと接触を図ろうとするタイミングだ。

「声がでかい」

「ごめんなさい」

反省はしているものの、悪いのは私だけではないはずだ。私にだけ罪をなすりつけないでもらえます？　と言いたいところだが、ここは城でもシュタイナー家でもなく、学園だった。周りには沢山の生徒がおり、彼らは私の声に反応して一体何があったのかとこちらを窺っている。

ただでさえ私、というよりも王子は目立つのだ。

王子という立場もあるけれど、乙女ゲームの攻略対象キャラクターだけあって、まず顔がいい。

有名声優さんの声帯をそのまま受け継いでいるため声がいい。

さらにこの世界ではポピュラーな金色の髪でありながら、いかにも運営から優遇されていそうな艶と透明感を持ち合わせている。

王子の脳筋なところさえ知らなければ惚れること間違いなしだ。

私だって自分の未来を知らず、過酷なトレーニングを強要されることもなく、食事制限もかけられなければ八割……いや、六？　五？　割くらいの確率で惚れていたと思う。

確率が低いのは、単純に私の推しが王子ではなかったから。

前世の私の推しは悲しいことに非攻略対象キャラだったのだ。ヒロインに攻略対象者達の好感度を教えるサポートキャラというポジションだった。二次元から三次元に移っても好みはそう簡単に変えられないのだ。

推しのパワーは絶大。

彼は月曜日と水曜日に図書室にいるって設定だったけれど……司書さんって入学式には参加するのかしら？

仲良くなるのは無理でも一度拝んでおきたいものだ。もっと欲を言えば、ゲームで話していた『いらっしゃい。よく来たね』『頑張って』『またおいで』の三パターン以外の声を聞きたい。

週二で図書室に通おうかしら？

「ご心配いただきありがとうございます。私は大丈夫ですわ。ですから王子、どうかご自分のお席に……」

学園での楽しみを見いだしつつ、王子にあっち行けと視線で指示を出す。けれど王子が引く気配はなかった。

「半刻で終わる。しっかり待機できたら美味（うま）いお菓子をやるから俺が迎えに来るまでここにいろよ。いいな？」

わたしゃガキか……

まぁ精神年齢が低いのは認めるけれど。

「……はい」

小さく返事をすると、王子は満足げに私の席を後にした。まんまとお菓子に釣られたとでも思っているのだろう——確かにちょっと楽しみだけど。でも私はそんなに軽い女ではない。

私の舌を唸（うな）らせるほど美味（おい）しいお菓子を王子は用意できるのだろうか。

入学式は問題なく終わりを告げた――と言いたいところだが、想定外の事件が起きた。

それは王子が立ち去って、私が良い子で座っていた時のこと。

生徒達も徐々に指定の席につき、入学式開始まで残すところあと十分ほどという時に、周囲からコソコソ話が聞こえてきたのだ。

初めは式典開始までの間、暇を持て余した生徒達が小さな声で会話をしているのかと思っていたが、どうも様子がおかしい。

もしかしてすでに生徒達の間でヒロインのことが噂になっているのだろうか。

そうなれば悠長にお菓子を楽しみにしている場合ではない。でも、逃げ出せば面倒くさいことになるのは明らか。

――となれば、情報収集だ。

王子の性格が残念になってしまっている以上、ヒロインもゲームと全く同じであるとは限らない。トリッキーな動きをする可能性もあれば、彼女の性格が少し変わったことでシナリオ自体に大きな変化が現れる可能性もあるのだ。知り合いがいない私は、お耳を大きくして周りの声を探ってみる。

けれど周囲から聞こえてくるのはヒロインの名前ではなく、『ユリアス・シュタイナー』――つまり私の名前だった。

だが驚くべきはそこではない。

なぜか彼らは揃いも揃って私を『グルメマスター』と称すのだ。太っている私への皮肉ではない。

「あそこに座っていらっしゃるのは、グルメマスターのユリアス様だわ」

「初めてお姿を拝見したが立派だ」

「さすがはグルメマスター」

「次期国母様は貫禄が違うわ」

聞こえてくるどれもが、憧れを含んだ声。前世で例えるなら、お忍びの芸能人を見つけちゃった時みたいな反応である。この世界にSNSは存在しないが、あったのなら間違いなく写真と共に拡散されていると思う。

グルメマスターなんてものに就任した覚えはないが、私が社交界を不在にしていた間についたあだ名なのだろう。

シナリオ開始前から『はらぺこキャラ』のレッテルを貼られるとは想像もしていなかった……。もちろん『悪役令嬢』『ワガママ令嬢』よりはずっとマシだが。

その声は式典が終わった後も続き、授業が始まってから一ヶ月が経とうとしている今も相変わらずだ。

加えて、授業が開始してからすぐ、私には『取り巻き』のような生徒ができた。だが乙女ゲームで悪役令嬢についていたような、シュタイナー家に取り入るための取り巻きではなく、信仰者に近い。ことあるごとに「さすがユリアス様！」とキラキラした目で見つめてくる。

純粋培養されたお嬢様だったら慣れているのかもしれないが、私には過度な期待が重くのしかかった。

特に彼らの視線が突き刺さるのは食事の時間だ。

「あの、あなた達」

「何でしょう」

「自分の食事を食べたら？」

「そんな……。我らはユリアス様のお食事を拝見させていただきとうございます。……不快、でしょうか？」

これが一人や二人だったら私も我慢できる。けれど十人以上が私を直視しているのだ。それも毎日。

初めの数日は捨てられた子犬のような視線に負けて「いいわよ」と言ってしまったが、

今やどんどん数を増やしている。

いっそ「たまご焼き一つちょうだい」くらいの軽いノリで絡んでほしい。それを邪魔しているのは、『公爵令嬢』という立場と、彼らの中で作られているらしい『抜け駆け禁止協定』だった。

もういっそ全員どこかに行ってくれ！　と言えたのならば良かった。けれど私の口から出るのは弱気な言葉だ。

「えっと、その……一緒に食べるなら……」

どうにか出した妥協案に、彼らは風を切って注文カウンターへ向かった。だが数人は頭を抱えるか、絶望したような目でたたずんでいる。

まさか残っている生徒って、弁当もお金も用意していなかったなんて言わないわよね？

ふと頭に浮かんだ考えを、育ち盛りの学生がそんなことするわけないと打ち消そうと試みる。けれど肩を落として俯(うつむ)いたまま食堂を去ろうとした彼らが、昼食を持っているとは思えない。

「ちょっと待って！」

「何でしょう。ユリアス様」

「……私のおやつで良ければ食べる？」

こんなことをすれば、自分の首を絞めることになると簡単に想像がつく。それでも気づけば勝手に口が動いていた。

「いいのですか⁉」

「少ないけれど。さすがに何も食べずに午後の授業は辛いでしょう」

お弁当を忘れた日のお昼休みほど辛いものはないことは、身をもって知っている。

前世の私の場合、友達がおかずを分けてくれたり、購買でパン買ってきなよとお金を貸してくれたりした。あれに何度救われたことか。真っ暗闇の中で一筋の光がもたらされたような気さえしていた。

だからこれは恩返しみたいなものなのだ。今日のおやつくらい彼らに譲らなければバチが当たる。

そう自分に言い聞かせて、今日のお菓子『スコーン』をきっちり人数分に分けて渡した。

「あ、ありがとうございます」

「困った時はお互い様でしょう」

「さすがグルメマスター様……」

彼らはまるで神に祈りを捧げるように顔の前で両手を組み始める。

「い、いいのよ、別に」

その行動に若干引きつつも、食事を手に入れて帰ってきた他の生徒達と共に昼食を再開した。

――それが良くなかった。

生徒の共同スペースである食堂は翌日から『グルメマスターとの食事会』の会場へと変わり、毎日抽選会が行われることとなったのだ。そして私が一部の生徒にお菓子をあげたのを見たことで、他の生徒も気に入られればお菓子をもらえるのではないかと期待し始めている。

あげたのはただのスコーンで、記憶が戻るよりも前どころか、ユリアスが生まれるよりも前からこの世界に存在したお菓子だ。

でも、大事なのはスコーンではなく、『グルメマスター』からもらうという事実らしい。お菓子を分けた彼らがいじめられる事態に発展しなかったことを喜ぶべきなのかもしれないが、以前にも増して期待するような眼差しが私に重くのしかかった。

こんな時に王子が近くにいてくれれば良かったのだが、彼は学園に入学してからスポーツ学にはまっている。学園滞在中は図書館にこもって勉強しているか、講師の先生に教えを乞うかしていた。

婚約者になんて構いもしない！　と言いたいところだが、放課後や休みの日は今まで通りトレーニングを共に行っている。ヒロインどころか他の女の子の影すらない。

王子の今の楽しみは学園で学んだ運動法をトレーニングに組み込んで、私で試すことだろう。息が上がる私を見つめる彼の目は以前にも増して楽しそうだ。最近では熱心にメモまで取っている。

彼は王ではなく、トレーナーにでもなるつもりなのだろうか。

王子の夢なんてどうでもいいけれど、できれば対象は私以外に見つけてほしいところだった。

◎　◎　◎

ある日、午後からの授業が休講になったという知らせを受けた。二時限連続の教科だったこともあり、午後は完全にフリーになる。

これは図書館へ行くチャンスなのでは!?

ずっと人に囲まれ続け、司書さんを遠くから拝むことも、リアルでその声を耳にする機会もなかった。強行突破してもいいのだが、図書館に大勢で押しかけるのは迷惑だろう。何より雑音が混じって、彼の声がよく聞こえなかったらショックすぎる。

それに、高確率で王子と遭遇するというのもマイナスポイントだった。

だが、今日の王子はまる一日かけての実習訓練を行っている。食事の用意も生徒達で行う本格っぷり。もちろん図書館へ向かう休憩時間などない。

つまり今日は王子もいない！

絶好のチャンスと睨んだ私は、取り巻き達に「それではみなさんごきげんよう」とどこかの漫画のお嬢様のような挨拶をして、一度学園を出た。馬車に乗り込み、少し走った場所で止めさせる。そして馬車の中でお昼ご飯を楽しんだ後で、人目を避けて図書室に向かった。

愛しの司書さんとのご対面だ。

らんらんら～んとスキップしそうになるのを抑え、本棚の陰からカウンターを覗く。そこには乙女ゲームのシーンと同じく、長袖のシャツに深緑色のベストを着用した男性がいた。

彼はまさしく私の推し――ではない。

全く同じ服装をしてはいるものの、椅子に腰掛けていたのはシルバーグレーの髪がよく似合う初老男性だった。見た感じ優しそうで、話しかけやすいオーラを漂わせている。

でも、あんなキャラは乙女ゲームにはいなかったはずだ。

もしかして司書さんって複数人いるのかしら？

ゲームに登場した司書さんは一人だけだったが、よく考えれば王国一の学園の図書館に勤務する人が一人であるわけがない。気を取り直して本を探す振りをして、図書館中を歩く。けれど他の職員さんの姿はあれど彼の姿はなかった。昼休みが終わってからも一向に現れる気配はない。

今日、お休みだったのかしら？

ゲーム内と勤務日が変わっている可能性もある。

ならば、と近くの職員さんを捕まえ、彼はいないのかと尋ねてみた。すると返ってきたのは衝撃の一言。

「ああ、彼なら昨年度付けで退職しましたよ」

「え？」

「奥さんの実家を継ぐそうで」

「そう、ですか……」

まさかの既婚者。

推しは推しでも結婚したいとかではなく、癒やしを与えてくれる存在だったからいいけど。

でも、生まれ変わるまでそんな重大情報を知らなかったのには軽く傷ついたわ。サポートキャラであった彼の細かい設定なんて出てこなかったとはいえ、薬指に指輪なんてなかったもの……。既婚・未婚を指輪だけで判断するのは限界があるけど、それしか判断材料はなかったのだから仕方ないじゃない。

はぁ……しばらく落ち込みそう。

彼がいないとなれば、一体誰がヒロインに攻略対象者の好感度を教えてくれるのだろうか。

リアルになってしまったから好感度を教えたりはしないのかしら？　そのためのサポートキャラ退場なの？

……ということはシナリオが変わってきている？

王子の性格の変化や司書さんが不在であること、そして私がグルメマスターと呼ばれている以外にも、何か変わったことはないかしら？

腕を組みながら、入学してからのことを思い出してみる。

「ううーん」

唸(うな)ったところで思い出されるのは、取り巻きの生徒達との思い出？　と、選択制の授業が意外と面白いことくらいだ。

前世では勉強嫌いな私でも、ファンタジーのこととなれば話は別だ。特にお気に入りなのは、ゲーム内でヒロインが履修していた薬草学。初回の授業をおずおずと覗いてみたところ、ヒロインがいなかったため、そのまま履修を決めていた。

「……ってそっか！　ヒロインを見ないんだ！」

平民の少女が今年入学しているという話は聞くが、その姿を目にしたことがない。

入学式の日も式が終わってすぐにやってきた王子に手を引かれ、もとい回収された私は、プロローグイベントも見ていなかった。その後も薬草学を筆頭として、ゲーム内でヒロインがいた場所を訪れてもヒロインと顔を合わせることがない。

今は私と取り巻き達が独占する形となっている食堂も、本来なら悪役令嬢にいじめられるまでヒロインが昼食をとるはずなのだ。私がいるために遠慮しているのかと思っていたが、冷静に考えれば特に何もしていない相手をヒロインが避ける理由はない。

「どうなっているんだろ……」

ヒロインの容姿が変わっていて気づかないだけ？　ばっさりと髪を短く切り揃えていたり、私みたいに激太りをしているとか？

だがヒロインの髪は、前世ではまずお目にかかれなかったパッションピンクだ。有名コスプレイヤーでも独特な発色の再現に苦労すると聞く。学園内にはそれはそれはカラフルな髪の学生が沢山いるが、その中でもあの色は確実に目立つ。見逃すわけがない。

うーん、と再び唸ったところで答えが出てくるはずもなかった。

推しには会えず、ヒロインは謎に包まれている。

こうなると私の未来もシナリオ通りとはいかないかもしれない。

死なない未来がやってくるなら嬉しいが、途中でゲームオーバーなんて結末が突然振りかかったら目も当てられないわ。

それはともかく、お目当ての人がいなければ図書室に長居する理由はない。私はさっさと馬車を待たせている場所に戻ることにした。

「いっそシナリオ通りに進んでくれたほうが気が楽だわ……」

時間はまだ三限途中。廊下には様々な教室から漏れる講師達の声が入り交じる。そんな中で私の泣き言はよく響いた。口に出したものを耳で聞いてと、二重で襲いかかってくる言葉にため息を吐きながらとぼとぼと歩く。

入学してからしばらくが経過したとはいえ、普段使う場所以外、構内のどこに何があるかを全く把握していない。図書館を訪れたのは今日が初めてで、来る際には長い時間、校舎内をぐるぐると歩き回ってようやくたどり着いたのだ。

それなのに一人で前を見ずに歩いていればどうなるか。

答えは簡単――迷う。

「ここどこ？」

渡り廊下を歩いていた時点で、来た道と違うところを歩いていないか？　と薄々気づいてはいた。

だが、ここまでの道を振り返ったところでやはり見覚えはなく、となれば前に進むしかない。

そうしてたどり着いたのは温室だった。

学園内にこんなものがあるとは……。ゲームでは温室があるなんて設定は明かされておらず、初めて知った。

学園内の建物だし、立ち入り禁止の札もない。入ったところでとがめられることはないだろう。

「すみませ～ん」

重いドアを押して、温室内を覗き込む。

「どなたかいらっしゃいませんか～」

目的は温室内の植物を見学させてもらうこと、ではなく道を尋ねることだ。手頃な紙に地図を描いてもらうのがベストだが、そこまで無理は言うまい。一階にいるのは分かっているから最悪、東西南北どの方向に進めば校門に着くのかだけ教えてもらえばそのうちゴールにたどり着けるだろう。

だから重要なのは、この場に誰かいること。

いなければ、私は再び学園という名の巨大迷路を彷徨わなければいけない。それは何としても避けたかった。

「どなたかいらっしゃいませんか～」

温室内に誰かがいることを願って、声を大きくしながらずんずんと先に進んでいく。

けれど進めど私の前に現れるのは植物ばかり。一向に人の姿も見えなければ返事もない。

やはり授業中だからか。

待っていれば、誰か来るかな？

温室の中心にある時計を見上げると、授業が終わるまではあと十分ほど。さほど長い時間ではない。歩いている途中で講師達の声が聞こえたということは近くで授業をしていたということだ。温室に誰か来なかったら、人の声を頼りに歩けば済む。

そうと決まれば十分待機だ。

不安が一気に消え去った私は、花壇のレンガ部分に座る。

そして温室をぐるぐると回っていた間にずっと頭の中で流れていた曲――『ハイブリッドなハイビスカス』を歌った。

これは前世の父が大好きで、車で延々とかけ続けていた曲だ。ドラマで使われていたらしいその曲のタイトルは正直意味が分からないが、内容は嫌いではない。

男にだまされて捨てられた女がハワイへ向かい、大きなバイクに跨がって風を感じるという歌詞だ。ちなみにハイビスカスは、女性がハワイで購入したアロハシャツにプリントされていた柄である。真っ赤なシャツに黄色いハイビスカスと歌われていた。

暖かい場所で、黄色い花を見つけたから思い出しちゃったのかしら？

二回歌い終えると授業終了のチャイムが鳴った。

よし、人を捜しに行きますか。

私はお尻の砂をはたいて立ち上がる。

今日は迷ってたまたまたどり着いただけだったけど、過ごしやすい場所だ。場所さえ分かればまた来るのもいいかもしれない。そんなことを思いつつ、重いドアを開くのだった。

渡り廊下付近で講師と遭遇し、見事地図をゲットした私は、その日以降時間が空くと温室に通うようになった。

今まで気づかなかっただけでいつも使っている教室からさほど離れていなかったのだ。だが、温室の存在に気づかないのは私だけではないようで、いつ行ってもそこに人影はなかった。

初めは前世の歌を小さく歌うだけ。

その次は大胆にお弁当を広げ、昼寝までした。おかげで次の授業をサボタージュしてしまった。一年生の共通授業であったため、王子に速攻でバレる。

眠い目を擦(こす)りながら次の授業に向かうと、目の端をクイッと上げた王子が大股で歩いてきたのだ。その第一声が「どこに行っていた！」である。

私も『まだ』王子の婚約者なのだ。そんな相手を人前で叱(しか)りつけるとは……

こんな展開、乙女ゲーム内でもあったなぁ。

その時は授業をサボったのがバレたのではなく、ヒロインをいじめろと指示を出しているところを発見されたのだが。

これもゲームの強制力の一環なのだろうか。

悪役令嬢の好感度ガタ落ちイベントみたいなやつ。

「……理由があるなら聞く。だから勝手にいなくなるな」

額に手を当てながらため息を吐く姿は、もうお決まりのポーズである。

通常なら開始される『お前には失望した！』みたいなシーンは一切ない。非常に残念だが、王子の脳内には、すでに私免疫ができてしまっている。好感度がどうなっているかまでは不明なものの、おそらく平均を大きく下回っていることだろう。

ほぼ素とはいえ、私がとった行動のほとんどが、貴族のご令嬢としていただけない行動であることくらい理解している。おそらく庶民であるヒロインのほうがちゃんとしているだろう。

フォークとナイフの使い方やダンス、腹の探り合いなど大変な部分はあるだろうが、根底がしっかりしていれば、貴族のマナーにもいつかは慣れる。

私みたいにゆらゆらぐーたらしてさえいなければ。

悪役令嬢として、王子が女性に求めるもののハードルをえらく下げられたことを誇りに思うべきかもしれない。

「ご迷惑をおかけして申し訳ありませんでした」

だが謝罪はしっかりと。

特に今回、お昼寝に突入してしまったのは完全に私の落ち度だ。

両手をピタリと横につけ、上体を綺麗に四十五度曲げて最敬礼を披露する。すると、真面目に謝った私を気持ち悪く思ったのか、王子は半歩ほど退いた。

「め、迷惑ではない。ただ……心配、するだろう」

「え、でも水曜日は一人でお昼食べたいって伝えてありますよ？　いくら彼らでも心配はしないでしょう」

「は？」

いきなりいなくなれば心配すると思って、昼食時に私を取り巻く人達にはしっかりと伝えてある。唇を噛みしめる彼らにごめんなさいと頭を下げたのはもう数週間ほど前の話だ。今回のように寝過ごすことはないが、子どもでもあるまいし、さすがに一回授業を欠席したところで心配はしないと思う。

「少ないとはいえ、授業をサボタージュする生徒は他にもいますし。次の時間に顔を出せば保健室で休んでたのかな、とでも考えるでしょう」

彼らは友達ではないので、そこまで深く突っ込んでこないはずだし、言い訳なんていくらでもできる。

それに外聞の問題なら今さらだ。多くの貴族達が好意的に接してくれているとはいえ、私は数年間社交界から姿を消しているのだ。王子の婚約者という立場でありながら、適当な理由で欠席を続けた。今さら下がるほど好感度は高くない。

「お前は……」

王子は顔を歪め、それ以降言葉を紡ごうとはしなかった。いつもの呆れ顔とは少し違う。今度こそ婚約破棄を、と思っているのだろうか。

私は出会っていないが、王子はヒロインと出会っているのかもしれない。

ぐーたらな婚約者と癒やしの巫女。

どちらに天秤が傾くかなんて分かりきっている。その天秤の種類が『王子の感情』を計るものであっても『国に与える利益』を計るものであっても同じだ。

負けるのは――私。

婚約破棄、します？　なんてわざわざ聞く価値もない。

「そろそろ行かないと次の授業遅れちゃいますよ」

「誰のせいだ……」

へらへら笑いながら背中を押すと、王子の顔はいつもの呆れ顔に戻った。そのことに少しだけホッとする。

温室のことも、この感情も、王子には秘密だ。

この日を境に、王子の監視が地味に厳しくなり、週に一度の一人ご飯の日は身を潜めて温室に向かう羽目になった。

ちなみに見つかると強制的に王子と一緒にお昼を食べることとなる。

それ自体は別に構わないのだが、まるで仲良しな婚約者カップルを見るような周りからの生温かい視線が辛（つら）い。

遠くから眺めていると分からないだろうが、実際私達の間で繰り広げられている会話に甘さなんてないのだ。

「野菜を食べろ。野菜を」

「それは濃い目の味付けのものを食べた後に食べるんです」

基本的に人のご飯とその食べ方にケチつける王子だが、なんだかんだ言って私は毎回王子の指示には一切従わない。それが分かっているのか、王子は文句を言いつつも自分の手を止めることはない。

「これで足りるのか？」

「物量的にですか？　若干足りませんが、そこはおやつで補います」

「俺が心配しているのは野菜のほうだ」

「王子、野菜推（お）しですか？　確かに大事ですけど、筋肉つけたいならタンパク質ですよ。肉です、肉。あ、私の分食べます？」

「……もらう。代わりにこのサラダをやろう」

「一方通行システムなのでお断りします」

こうしておかずを分けるのもいつものこと。

彼の文句は、私におかずを分けてもらうための過程なのではないかと思い始めてきたくらいだ。

水曜日に捜されているのもおかず目当て、とかだったりして。

王子もやっぱりご飯が好きなんだな～と想像すると楽しくなってくる。これはあり得ない話ではないのだ。

我が家の調理長ラッセルの腕は、私が学園に入学してからも落ちることはなく、むしろお弁当分野でも頭角を現し始めた。

今日王子に分けたハンバーグだが、これは数種類のハンバーガーを作った際の応用だ。肉の旨みを長時間外に逃さず、かつ冷めても美味しくできあがっている。どう調理すればできあがるのかは不明だが、美味しいのは確かだ。目の前の王子も私が皿に載せてからすぐに口に運んだほど。

私もお気に入りの品ではあるが、私に食べる権利はない。

なぜならこれは、私が負けを認めた証なのだ。

逃亡が上手くいった時には私が、捕獲された時には王子が食べる——それが私が考えた遊びだ。王子は知らない。私が勝手にやっているゲーム。そのためにラッセルに頼んで水曜日は特別メニューを作ってもらっている。

もちろん報酬はいつも肉だ。

勝利の肉ほど美味(うま)いものはないのだから。

王子との戦いの勝率は半々くらい。

前世の体操と過酷な訓練により随分と体力がついてきたが、なかなか簡単に王子から逃げられないのが悩ましいところだ。負けるのも勝つのも楽しいから別にいいんだけど……

今日は数回ぶりの私の勝利。とはいえ純粋に競って勝ち取ったものではなく、王子の前の授業が実技授業で、彼が少し離れた訓練場に行っていたのだ。着替えが必要な王子が捜しに来る前に逃げてきたというわけだ。

ちょっとズルをして一ヶ月ぶりに訪れた温室は、相変わらず学園から切り離されたように静かだ。

こんなにいい場所、他の人によく見つからないな……

見つかってほしくないという気持ちもあるが、管理者の姿すら見ないというのは不思議な話だ。水曜日のこの時間は休憩でもとっているのだろうか。

もっとも、遭遇して「飲食禁止なんです」と言われたら困るけど。

私はいつもと同じ花壇に腰を下ろしてお弁当を開く。

今日のご飯はサンドイッチだ。たまご、ハム、トマト、ツナの四種類にプラスして特別メニューのローストビーフのサンドイッチがある。ビタミンが足りないからとカットフルーツまで付けてもらって、今日の私はすっかり遠足気分だ。

気分は最高潮。思わず前世の曲を口ずさむ。

『おべんっと～おべんっと～美味しい美味しいお弁当。サンドイッチの王様は？　やっぱり王道ＢＬＴ？　いやいや、たまごも鉄板です。ゆでたまご潰してマヨネーズ？　厚焼きたまごにマスタード？　忘れちゃ困るぜエッグベネディクト！　ってそれ、マフィンやん……』

この曲――『サンドイッチ選手権』という。作詞作曲は前世の兄である。

選手権と言いつつも、ほとんどたまごしか出てこないのは、単純にたまごサンドが兄の好物だったから。

この曲を含め、兄は即興で作った曲を歌い始める癖があった。大抵は一回きりなのだが、気に入るとしばらく歌い続ける。小学校に上がる前から聞かされていた私は、それらをすっかり一般的な曲だと思い込んでいて、友達に「何それ……」と首を傾げられたのは今では良い思い出だ。

この曲は兄の作ったものの中でも私の一番のお気に入りだ。サンドイッチを見る度に脳内再生されるくらいには気に入っている。

この世界に転生してからも幾度となく脳内に流れてきた。口ずさみそうになるのを何度我慢したことか！

だけどこの場所では関係ない。

どうせ誰も聞いていないのだ！

お茶の準備をしながら、ここぞとばかりに初めから歌う。

ここに兄のかけ声が入らないのは少し寂しいが、それればかりは仕方がない。セルフであいの手を入れていく。

「おべんっと～へい！　おべんっと～へい！　美味しい美味しいお弁当～あらよっと」

静寂に包まれていた温室に私の声はよく響いた。

「ふぁあ」

満足いくまで歌い、サンドイッチも完食した私に襲いかかる睡魔。だが、ここで睡魔に負けて寝過ごせば、また王子に何を言われるか分かったものではない。

もう教室に帰ろうかな？　と時計を見上げたものの、まだ休み時間が終わるまで二十分以上残っている。二十分と言えば小学生がドッジしようぜ！　とボール片手に校庭に繰り出すのに十分な時間だ。同時に、うとうとしていた私が爆睡するのに十分な時間でもある。

教室に早く帰ったところで特にやることもない。話し相手もいないし、どうしたものかと温室の天井を見上げた。その時だ。

カッ、カッ、カッ、カッ、カカカ――

カッ、カッ、カッ、カッ、カーン――

カッ、カッ、カッ、カッ、カカカ――

カッ、カッ、カッ、カッ、カーン――

空き缶を叩く（たたく）ような音で一定の間隔に奏で（かなで）られるリズム。

「これは！」

まさしくジェシー式ブートキャンプの準備運動の音！

日本中で大ブレイクした時、友達と一緒に踊っていたものだ。たまたまなのだろうが、懐かしくなってその場で足踏みを開始する。

「ヘイ、ボブ！　元気ないんじゃない？」

「身体が重いんだ……」

「ポテチとコーラ抱えて遅くまで映画見てるからよ。なら私と運動しましょう！」

この場には私しかいないため、ボブ役もジェシー役も、なんならリズムをとる手拍子も『オールキャスト：私』でお送りする。

「ボブ、あなた綿飴(わたあめ)食べたくなったんじゃない？」

「いきなりなんだい？」

「食べたいわよね!?　そんなあなたにぴったりなのは、巻き取り運動！」

「強引すぎる……」

——なんて言いつつ身体の前や頭の上でひたすら両手をぐるぐる回している光景は、異様としか表せないだろう。だが、これこそジェシー式ブートキャンプだ。

唐突に意味の分からないことを言い出して、ジェシーがボブの身体を動かす。それに合わせて画面の前の私達も動く——と。

強制されるのは嫌いな運動不足な人達も、コント調（しかもボブが突っ込み）のブートキャンプに熱狂した。

ちなみに、ひたすら話しながら運動をこなすため、結構痩(や)せる。

「今日のおやつはスコーンだあああ」

ラスト、両手でVサインを作り、好きなお菓子やご飯を叫ぶ。ストレス発散と共に、ご褒美を与えることによって次へ繋げる効果もあるのだとか。

とりあえず私は今日のおやつを叫んでおいた。

「はぁいい汗かいたわ～」

思わぬ形で運動して額も制服も汗びっしょりになったが、前世ぶりのジェシー式ブートキャンプは楽しかった。

手持ちのタオルで汗を拭きつつ、午後の授業サボろうかな～なんて呑気に考える。汗臭いし、こんな格好で授業出たら風邪引きそうだ。体調不良で早退したってことにしちゃおうかな～。

日頃真面目に出席しているんだし、こんな時くらい休んだっていいよね！

「よし、決まり！」

お弁当を片付け、立ち上がる。

その時、一人の女子生徒が私の前に立ち塞がった。

「やっぱりあなた、転生者ね」

『転生者』なんて一部の人にしか伝わらなそうなワードを口にした彼女は、首から紐でくくりつけた空き缶を提げ、手にはスティック代わりの棒を握っている。怪しさＭＡＸな格好だが、この容姿には見覚えがあった。

「あなたは——ヒロイン」

今までよく目に入らなかったものだと感心するほど見事なパッションピンクの髪は、紛れもなくヒロインのものだ。思わず身構えてしまう。

けれど次の瞬間、彼女はスティックで空き缶を叩き始めた。

カンカンカンと先ほどよりも鈍い音で奏でられたそのリズムはまさしく盆踊りのもの。

「かいそ〜うおおんど〜」

そして彼女がおもむろに歌い始めたのは、海藻音頭だった。

「まさかあなた……」

「はい。実は私も転生者なんです。踊り子のあなたが転生者かどうかを試すべくジェシー式ブートキャンプを、そしてこちらも転生者であることを認めてもらうために海藻音頭を奏でさせてもらいました」

「なるほど」

他にも確認のしようがあったと思うんだけど……

このヒロイン、わざわざ空き缶ドラムを作製してくるとは、なかなかの変わり者らしい。だが悪い人ではなさそうだ。

彼女からは悪役令嬢を陥れてやろうとする悪意を全く感じない。

「……って何、踊り子って」

「あなたの副ジョブですよ？」

「副ジョブって何？　っていうか、そもそも踊り子なんて、そんなものになった覚えはないんだけど……」

「そうですか？　でもあなたの称号欄にはしっかり『ダンスマスター　初級』が追加されてますよ？」

「称号って何!?」

「もしかしてステータス欄見えてません？」

「ステータスってファンタジーゲームにあるやつ？」

「そうですそうです。あなたは『鑑定』持ちではないみたいですが、自分の分なら『ステータスオープン』って念じれば見れますよ？」

「え、本当に？」

「はい。試してみては？」

（ステータスオープン！）

そう念じると、目の前にはファンタジーゲームのようなステータス画面が表示された。

名前：ユリアス・シュタイナー
レベル：16
ジョブ①：学生　ジョブ②：踊り子
HP：100　MP：20　筋力：30　耐久：45　敏捷：30　器用：8　耐魔力：5
【スキル】　カリスマLv.8　暴食Lv.4　身体強化Lv.2
【称号】　ダンスマスター：初級　グルメマスター：達人級　レシピマスター：達人級
伝道師：達人級
＊以下、鑑定阻害事項
転生者　前世記憶持ち　悪役令嬢　運命を歪(ゆが)めし者

「これがステータス……」

私が欲したスキルも表示されている。

特別な能力なんて何一つ持っていないと思っていたのに、いつの間にか三つもスキルを獲得していたらしい。

よく分からないものばかりではあるものの、これで私も晴れてスキル持ちというやつだ！

乙女ゲームにもステータスやスキルシステムが搭載されているなんて……。あるならもっと早く教えてよ～と、神様相手にダル絡みしたい気分だ。

「ゲーム転生ってやつですね」

「ゲームはゲームでも乙女ゲームでしょう？　まさかＲＰＧみたいなシステムがあるとは思わないわよ～」

「乙女ゲーム？」

「え？」

「え？」

今まで私の知らないことを教えてくれたヒロインさんは、そこでぴたりと固まる。

「もしかしてあなた、自分がヒロインなのを自覚していない？」

「それは、自分こそ人生という舞台の主役的な意味ではなく？」

「あ、うん。今度は私が説明するわ」

「よろしくお願いします」

こうして私とヒロインさんの知識共有が始まった。

途中、授業開始を告げるチャイムが鳴ったが、それよりも今はこちらが大切だ。

私は彼女にこの世界が乙女ゲームの世界であること。そしてこの学園こそが『ヒロイン』と呼ばれるキャラクターが男性陣と恋愛を繰り広げる乙女ゲームの舞台で、私は悪役令嬢というポジションであることを説明した。

もちろん私の知る限りではあるものの、ヒロインと攻略者達に対する情報も。

「ほえええ。そんな世界だったんですね～。でも継母からのいじめなんて受けてませんよ。彼女、私のこと怖がってましたから」

「え、なんで？」

「私のステータス見ます？」

簡単なのだけで良ければどうぞ、と笑顔で手渡してくれた半透明な板は、先ほど私が見たステータス画面と同じものだ。だが書かれている値がまるで違う。

名前：ロザリア・リリアンタール

レベル：99

ジョブ①：冒険者　ジョブ②：学生

HP：9999　MP：9999　筋力：測定不能　耐久：測定不能　敏捷：測定不能　器用：測定不能　耐魔力：測定不能

【スキル】　ファイヤーボールLv.10　ファイヤーウォールLv.10　ファイヤーランス

Lv. 10　ウォーターボール Lv. 10　ウォーターウォール Lv. 10　ウォーターランス Lv. 10　ウィンドボール Lv. 10　ウィンドウォール Lv. 10　ウィンドランス Lv. 10　ブラックホール Lv. 10　俊足 Lv. 10　身体強化 Lv. 10　交渉術 Lv. 10　錬金術 Lv. 10　ナイフ投げ Lv. 10　弓術 Lv. 10　体術 Lv. 10　回復 Lv. 10　広範囲回復 Lv. 10　状態回復 Lv. 10　鑑定 Lv. 10　解錠 Lv. 10　付与 Lv. 10　解体 Lv. 10
【称号】賢者　闘拳師　弓使い　剣士　聖女　付与師　解除の達人　錬金術師　凄腕解体者　逃亡者　チート

おそらくレベルの上限は99、HP・MPの最高値が9999、スキルレベルの上限は10なのだろう。私のステータス欄に出ていた鑑定阻害事項は表示されていない。つまりまだまだ秘匿事項が沢山あるということだ。

「……私と世界観全然違うじゃん！　それに称号に『チート』って入ってる！　いいな～私tueeeできるじゃん」

さっきの話からして鑑定は持っているだろうなっていうのは分かってたし、『癒やしの巫女』だから状態異常回復も持っているだろうとは予想していた。

でもこんなスキルいっぱい持っているとは思わないいじゃない！

そりゃあ笑顔にもなりますわな！

同じ転生者なのに不平等だ！

「羨ましすぎる！」と自分の太ももを叩くと、彼女は目を丸くした。けれどすぐに「いいでしょ！」と満面の笑みを浮かべる。

「でも、私にはあなたのほうが羨ましいですよ」

「知らないうちに『グルメマスター』なんて称号もらってるけど、食事中、めっちゃガン見されてるだけだよ？」

「お友達いっぱいでいいじゃないですか」

「あの関係はさすがに友達とは言わないでしょ……」

「なら、私とお友達になりませんか？」

「いいの!?」

「一緒にジェシー式ブートキャンプ、踊りましょう。最近城下で見つけた地球飯食べ続けてたら太っちゃって……手伝ってください」

「え、そんなのあるの？」

「発祥はシュタイナー家だそうです」

「まさかの我が家！」

この世界で初めてのお友達をゲットした私は、同時に衝撃の事実もゲットしたのだった。

「あ、フレンド登録申請出しときますね」

耳を疑っているうちに目の前に画面が表示される。

「わっ、なんかきた！」

『ロザリアからフレンド申請がきています。許可しますか？　ＹＥＳ／ＮＯ』

前世のゲームで何度か目にしたが、まさかこんな機能まで搭載されているとは……私に友人がいないから気づかなかったのか、はたまたロザリアさんだけが保有している機能なのか。

「これ使うとチャットできるようになるんですよ〜。ステータス欄の端っこに吹き出しマークがあるでしょう？　そこ押せばキーボードが出てきますので、用事がある時はそこから送ってください」

「了解！」

手をくの字にした敬礼ポーズを向けると「よろしくお願いします」と同じポーズが返された。

さすが転生者。

それからヒロインさん改めロザリアさんとは転生仲間として、休日や放課後はチャットを楽しむ仲になった。

その際にいろいろと話を聞いてみたところ、どうやら彼女は最低限＋（プラス）数科目の教科しか履修していないらしい。

「それって後で辛（つら）くならない？」

「課外活動で単位もらえたりするので大丈夫ですよ」

「課外活動？」

「一応Sランク冒険者なんで、特殊クエストとかこなすといろいろと考慮してくれるんですよ〜」

「それ、私に言ってもいいやつ？」

「……ユリアスさん、私が正規の方法以外で単位もらってるって言いふらしませんよね？」

「言わないわよ」

「なら大丈夫です！　私、明日から来週いっぱい隣国で狩ってきますので連絡遅くなるかもです」

「桶（おけ）です！　怪我しないように気をつけてね」

「桶いただきました！　お土産になりそうなものあったらお渡ししますので～」

――とのこと。

ちなみに彼女の冒険者ランクを与えているのは国だ。

E～Aまでは冒険者ギルドによって規定の条件をこなすことで与えられるのだが、Sランクだけは例外だった。

広範囲回復のレベルカンスト達成報酬により、聖女の称号を手に入れた彼女だが、この学園への入学を果たしたのは『癒やしの巫女』だからではなく『凄腕の冒険者』だかららしい。

どちらにしても国の囲い込みには変わりない。

こうしてギルドの仕事の他にも国からの仕事を受けては国内外を飛び回る日々を送るロザリアさん。

一度だけ彼女の冒険者姿を見せてもらったことがあるが、乙女ゲームのヒロイン要素は髪の色と、目の色、シルエットの三つだけになってしまっていた。きっちりとした装備をすればそれだけ怪我が少なくなるため、冒険者としては正しい姿と言えよう。

だが、ロザリアさんが乙女ゲームの道からここまで大きく外れているとなれば、私はどうなるのだ。

スキルも称号も彼女と比べると大したものはなく、ステータスも人並みかそれ以下だろう。少なくとも冒険者の職に就くには何らかの努力が必要となる。

ロザリアさんと顔を会わせる度にジェシー式ブートキャンプとか、海藻音頭とか、えのきダンスとか前世の体操、その他諸々……を踊り続けたおかげですっかりスマートになってきた。

今では入学時にあつらえた制服はガバガバになり、新しいものを作ってもらっている最中なのだ。ドレスもコルセットでぎゅうぎゅうにしなくともすんなりと着ることができる。

しかし、問題はドレスを着る着ないではない。

ヒロインにその気がないなら～とこのまま王子の婚約者として生きていけばいいのかもしれないが、これまで好きなように生きてきた私がどの面下げて王子妃に収まればいいのか。

今さらだけど、私は好き勝手生きすぎた。

反省は全くしていないし、不思議と後悔もない。

私の頭の中にあるのは、『ヒロインがシナリオから半身ほど退場している今、どうやって婚約破棄をしようか』である。

王子の近くに誰かいい人いなかったかな～と記憶を探ってみた。

だが、今まで社交界にもろくに出席していなかった私の脳内に、めぼしい相手は浮かばない。学園内で女子生徒達と一緒に歩いていた姿を見たこともなければ、仲良くしている相手がいるという話も聞いたことがなかった。

けれどあくまでそれは、王子から逃げることばかり考え、友達と呼べる相手もロザリアさんただ一人という、悲しい経歴の持ち主である私が持ちうる情報のみで叩き出したものだ。

つまりはデータ不足。

乙女ゲームの中でもヒロイン以外の女の影といえば悪役令嬢だけ。他の女性は名前すら出てこない徹底っぷり。王道ストーリーだけあって、ライバルキャラを増やしたくなかったのだろう。シナリオがブレては困るという大人の事情もあるかもしれないが。

とにかく、今の私に必要なのは王子に関する情報の収集だ。必要とあれば恋のキューピッド役も務める所存である。

良い感じで彼が私に引けば、婚約破棄をしても今と同じような生活が送れるのでは？という下心つきだが。

そうと決まれば情報を集めやすくするためにも早速王子との距離を縮めたい――でも、

距離ってどうやったら近づくんだろう？

普通に会話しようにも私の好感度は低いに違いないし、王子が腹を割って話してくれるとは考えづらい。

王子に近づくのは諦めて、地道に足で情報を得ていくのが一番かしら？

王子について聞いて回ったら、バレて怒られそうな予感がして、正直、気は進まない。

いや、私の断罪エンドを回避するためだ。

身軽になった身体はこんな時に使わないと！

「頑張るぞ！　お～！」

拳を天に突き上げて私は自らを奮い立たせるのだった。

――王子の身辺調査を始めて早二週間。

全く女性の影がないいんだけど⁉

今まで気づかなかっただけ、というわけではなく、純粋に女性との交流が少ないようだ。

確かに王子の選択科目は運動学や基礎訓練など、男子生徒が九割を占めるものばかり。

だが複数種類ある歴史科目もいくつか選択しており、こちらは女子生徒の割合も多い。

そうでなくとも必修科目というものが存在するのだ。

必修科目——それは読んで字のごとく、全員必ず履修しなければならない科目である。もちろん最低限しか取っていないというロザリアさんも履修していた。

他の教科よりも人数が多いため、複数のクラスに振り分けられている。学力や権力バランスはもちろん、家の希望（寄付金が重要視される）を聞き入れていたり、男女比が極端に偏らないように調整されていた。ちなみに王子が所属するＡクラスの男女比は六対四である。

必修科目は私と所属クラスが違う。

つまり不出来な婚約者と離れられるこの時間こそ他の女性と接するチャンスなのに、悲しいくらい、恋愛的なフラグが一切ない。

王子の周りの生徒達はみんな、学園に勉強しに来ているのだ。

学生として何一つとして間違っていないし、真面目なのはいいこと。だけど、恋愛や青春の花の蕾くらいはついていることを期待していた私としては、拍子抜けもいいところだった。

◎　◎　◎

「――ユリアス、遅れているぞ！」

今日のトレーニングのトリは王城外周五十周。今やっと半分を超えたばかり。繰り返される王子のスパルタに慣れてきた私だが、ペースを一気に上げられてはついていくのがやっとだ。せめてもう少し緩やかなペースアップにしてくれるか、周回数を減らしてくれればいいのに。

学園に入学してからというもの、講師陣のご指導のおかげか、王子が無理なメニューを組むことはなくなっていたのだが……最近、ハードモードに逆戻りしている。

身辺調査に気合を入れすぎたのがバレたのだろうか。王子のスパルタは加速していく一方だ。

「もう少しゆっくり……」

縋(すが)るように空に手を伸ばすと、上に引っ張り上げられた。

「少しペースを落とす代わりに十周プラスな」

「鬼！　悪魔！」

「体力が落ちているんじゃないか？　学園に通い始めてからトレーニング時間が減っているからな。もっと増やすか」

数日前から導入された笛をピッピッと吹きながら、王子は私を叱咤(しった)する。もちろんその間も足を止めることはない。へろへろになった私の目の前まで戻り、一定のリズムをキープしつつ、その場で足踏みを続けていた。

「ひぇっ」

「ほら、走るぞ」

「せめて水分補給を要求します！」

「使用人に頼んでボトルを持ってこさせよう」

「休憩ぷりーず」

「足を止めるな。動けなくなるぞ」

「うう～」

唸(うな)りながらも、足を止めない私も私だけど。

ボトルの受け取りも慣れたもので、使用人からプラスチックボトルを受け取る。スポーツ選手達が使うような、押せば出てくるタイプのもの。顔を上に向け、ボトルをぎゅっと潰す。空になったものは使用人に返却。水差しから少量の塩と砂糖が入った、スポーツドリンクもどきが補充されているのを確認する。

この飲み物は王子発案なのだとか。あれがなければここまで走れていないだろう。そもそもここまでハードな運動をしなければ必要ないので、感謝はしたくないが。

ペースダウンと水分補給で少しは回復した。首から下げたタオルで首元とおでこの汗を拭（ぬぐ）い、王子の背中に視線を向ける。

大きくて頼もしい背中。

婚約者に運動と食事制限を強要するような強引な一面があるし、俺様なところもある。何より脳筋を拗（こじ）らせているが、悪い人ではないのだ。

なのになんで王子、モテないんだろう。

婚約者がまともなご令嬢だったら周りの生徒達も遠慮して、ということもあるだろうが、相手は私だ。いくら公爵家とはいえ、ぐーたらな令嬢に引け目を感じることはない。

もしかして、他の生徒達にもスパルタがバレているの？　鬼教官すぎて恋愛に発展しないとか？

スパルタでも一部に需要はありそうなものなのに、なんて考えつつ、空を見上げる。

良い天気だ。こんな日は一日中ベッドの上でごろごろするに限る。窓を少しあければ、そよそよとした風が吹き込んで、ぐっすりとした眠りに誘ってくれるに違いない。

それを想像してふふと笑みを零（こぼ）していると、前方から声が飛んでくる。

「ユリアス、タオル交換！」

「はいっ！」

併走する使用人に、私は汗でびっしょりと重くなったタオルを渡す。新しいふかふかタオルを首にかけ、汗を拭(ぬぐ)った。

どうもこの身体、汗の量が尋常ではないのだ。普通に歩いている分には問題ない。温室で遊んでいる時もあまり汗をかくことはない。だが王子と運動している時だけ滝のように流れ出る。

代謝が良くなる魔法でもかけられているのだろうか。おかげで定期的にタオルを交換してもらわなければ汗を吸い取ってくれない。

「あと十五周!」

まだそんなにあるのか!

追加さえされなければあと五周だったのに……。文句を吐きたくなる口をタオルで押さえ、代わりに「はいっ!」と元気な声を返す。

やる気があるのではない。声が小さいと回数が増えるのだ。どこかのスポーツ強豪校のトレーニングみたい。

私達の関係は初めから『一般的な婚約者』の枠には当てはまっていなかった。そして今、さらに離れていっている気がする。

これが王子なりの婚約破棄への布石なのかもしれないと思っていたが、残念なことに彼は脳筋なのだ。

「そうだ、長期休暇には王家の別荘に泊まりに行くか！」

前方を走る王子は楽しそうな声を私に向ける。

休日の予定を立てるお父さんのようだ。これが魚釣りに行くか！　とかだったら、私も「いいですね！　その場で塩焼きにして食べましょう！」と迷いなく答える。けれどこの王子に限ってそんなことはない。経験上、こんな時は大抵ろくなことを言わない。

「いきなりなんですか？」

嫌な予感を抱きながらも、とりあえず尋ねてみる。

「近くの湖は良いトレーニングコースになる。合宿にちょうどいい」

「お断りします！」

そんなことだと思った。

恋愛対象として見てほしいわけではないけれど、いい加減トレーニングを試す相手として見るのはやめてほしい。

王子のトレーニングに付き合える相手は、他にいないのだろうか。

あ、もしかして王子って恋愛対象にも体力とか求めるタイプだったりするのかな？　同年代女性に、王子に付き合えるほどのスタミナを持った相手がいないだけ？

最後の一周を終え、呼吸を整えつつお城の周りをゆっくりと歩く。スウッと新鮮な空気を体内に循環させて、私は今までの自分の視野の狭さを反省する。

一人で悩んでも仕方ない。

ロザリアさんに相談してみようと心に決めた。

そして水曜日の温室。

私はタイミングを見計らって、ロザリアさんに愚痴を零す。

「王子ってもしかして『今度は左！　敵数二十以上。一気に攻めて！』恋愛対象がっ、同年代女性じゃないっ、のかしら？」

遠征から帰ってきたばかりのロザリアさんにこんな話を聞かせて申し訳ないと思ったものの、全く成果もなく、心が折れそうなのだ。

「そんなこと『サイドから敵二体ずつ！　交互に決めて！』ないと思いますけど」

「だって全く女性の影がないのよ？　『マンホールが壊れた！　下だ！　下から来てるぞ！』乙女ゲームシナリオは、壊れているとはいえっ、青春真っ盛りなのに！」

ヒロイン相手ではなくとも、女子生徒は沢山いるのだ。ゲーム内ではまともに顔が描かれていなかったキャラも、現実になればしっかりと顔が存在する。それも乙女ゲーム世界補正がかかっているのか、全体的に美人率が高い。もちろんその中でも攻略キャラ達とヒロインの顔面偏差値はぶっちぎりではあるが。

「一概に青春っていっても学園恋愛だけじゃないですからね！　『回復タイム！　綿飴回収して！』」

ちなみに今日、私達が踊っているのは大人気を博したジェシー式ブートキャンプのテレビゲーム版『ボブのゴーストブレイク　～シャドーボクシングで鍛えた瞬発力を発揮する時がきたようだな～』である。

ジェシー式ブートキャンプですっかりシャープな身体になったボブは運動にはまり、シャドーボクシングを始めた。キレッキレなパンチを出せるようになったある日、ボブの街にゴーストが溢れる！　中には暴れるゴーストもいて、怪我人は日に日に増えていくばかり。そこで、同じ街に住む科学者が考案したのがゴーストに効く武器の数々。ボブが選んだのはボクシングのグローブ――ではなく、メリケンサックであった。グローブは先に来ていたボクサーが選んでしまったのだ。なぜか大量に用意されていたメリケンサックを両手に装着し、お騒がせ者のゴースト達を退治していく！　という設定である。

回復アイテムが綿飴に板チョコなど、ブートキャンプのエクササイズネタが盛り込まれているのは一種のファンサービスだ。回復アイテム取得すらも休ませてくれない鬼畜っぷりは、ファンに愛されていた。

ジェシー式ブートキャンプ同様、二人揃って前世でやりこんでいたため、画像を見ずとも敵のやってくる方向が分かる。

「まぁそうだけど……」

「そもそもなんで婚約破棄したいんですか？」

「え、だって『ボーナスタイム発生！　はいっ、巻いて巻いて〜』こんなのが国母とか嫌じゃない？」

今の私には公爵令嬢としての品すら備わっていない。

一応、ユリアスの記憶があるから基本的なマナーやダンスは身体に染みこんでいるものの、そんな見かけだけでどうにかなるとは思えない。側室ならこれでいいかもしれないが、正妃となれば求められるのは『国母』としての適性である。

「あ、王子が嫌いとかでは『上空だ！　上空から大群が攻めてきた！』ないんですね」

ボス戦に突入した。

低ステージだからそんな変な動きはしないが、敵を前方で叩き落とし損ねると横に回ってくるのでなかなか厄介なのだ。

この世界にはもちろんゲームなどはない。今も前方から迫るゴーストなんて存在しないのだが、私の前にはしっかりとゴーストの大群が見えた。ロザリアさんがその能力で作ってくれているのだ。

威嚇するようにゆらゆら揺れるゴーストの襲撃に備え、私は構え直して前の敵を見据える。

「『よっしゃやってやるぜ！』私は嫌いじゃないけどっ、王子はきっと私のこと嫌いっよっ！」

「そう、ですかね？」

「そうよっ。だって私の態度っ、なかなかっひどいもの。っ素がほとんどだけどっつ、わざとやってるところも多いし」

私自身は王子のことが嫌いではない。

もちろんスパルタな鍛錬は勘弁してほしいけれど、それ以外に嫌な点を挙げろといわれても思いつかないのだ。むしろワガママな令嬢相手によくぞここまで耐え抜いているものだと尊敬してしまう。恋愛対象というよりも、おかんカテゴリーに近いと思う。いや、世話焼きな脳筋兄かしら？

イケメンだけど全くドキドキはしない。むしろどこか安心感さえ覚える存在だ。なんにせよこんな感情、王子には迷惑以外の何者でもないだろう。

「久々のボス戦きっつ……耐久、何分だっけ？」

「五分です」

「長っ」

「ほらほらゴースト攻めてきてますよ。前で捌かないと横に回り込んじゃいますよ～。前方捌きを避けてサイドまで来るとなると、いくら低ステージとはいえなかなか辛いですよ～」

「なんでロザリアさんはそんなに息落ち着いてるの！」

「冒険者ですから～」

「リアルでモンスター相手に戦ってるんだった！」

王子のことを考えすぎてうっかりしていたが、冒険者として前線に立つロザリアさんに及ぶはずがなかった！

最近、トレーニングの効果か、体力とＨＰの値は増えつつある。ロザリアさん曰く、踊り子としての経験値も上がっているらしい。だが私のステータス欄だけでは細かい数値は分からないので、真偽のほどは不明だ。上がっていても特に利点はないので嘘でも構わないのだが。

　ロザリアさんのカンスト三昧なステータスの足下にも及ばないが、鍛えれば鍛える分上がるステータス。ロザリアさんにいくら尋ねても、なぜか平均値がどのくらいなのか教えてくれないのだが、確実に公爵令嬢や王子妃よりも冒険者向きなステータスに成長しているはずだ。

　私が目指すべきは『悪役令嬢、辺境でぐーたら過ごすＥＮＤ』ではなく『悪役令嬢、冒険者になるＥＮＤ』なのかもしれない。

　どちらにしても王子の婚約者の役を誰かに譲らなければならないのだが。

「可愛くて頭が良くて選ばれし者感ぷんぷん出してる女の子の転校生来ないかな！　セカンドヒロインかもん！」

「私は乙女ゲームってよく知らないのですが、ここでヒロイン役を求める悪役令嬢ってなかなかいないと思いますよ」

「イレギュラー上等！」

「私も珍しいものとか面白いもの好きですけどね」

　カラカラと笑うロザリアさんと、ボス戦達成の雄叫び代わりに「ヒロインかもおおおおん」と叫ぶ私。

温室は今日も平和である。

◎　◎　◎

『ねぇねぇロザリアさん。今、学園で「グルメマスターフィットネス」って名前のダンスが流行ってるんだけどさ』

ある日の夜、私はロザリアさんにそうチャットしていた。

『まさか私がいない間にそんな楽しそうな流行ができているとは……。あと数日は登校できないのが残念です。その「グルメマスターフィットネス」って一体どんなダンスなんですか？』

『それが名前はともかく、動きが完全にジェシー式ブートキャンプなんだよね』

今、学園は空前絶後の『グルメマスターフィットネス』ブームだった。

私が『ジェシー式ブートキャンプ』を勝手に改名して広めたわけではない。いつの間にか広まっていたのだ。

私も一昨日登校した時に中庭で踊っている生徒を目撃したばかり。

その時はこの世界でも似たようなダンスがあるんだな～としか思っていなかった。だが日に日に拡大を続けたそれをまじまじと見てみると、まさに『ジェシー式ブートキャンプ』だったのだ。

私の取り巻きメンバー以外の生徒にあれは何かと尋ね、返ってきた答えが「『グルメマスターフィットネス』ですよ」だった。いい汗をかけると男女問わず生徒の中で大人気なのだと聞かされ、思わずふらっときた。

『その言い方だとユリアスさんが誰かに教えた、って感じじゃないですね』

『さすがにこのノリを異世界の人に求めるのはちょっと……。でも「グルメマスター」って名前で広がっているってことはおそらく温室のを見られてたんだと思う』

『え？』

『私もすっかり忘れてたけど、こんなんでも一応公爵令嬢で王子の婚約者だから目立つんだ。巻き込んじゃってごめんね、ロザリアさん』

『それはいいんですけど、いつ見られたんでしょう？　認識阻害と探知魔法かけておいたのに……』

『え、そんなのかけてたの？』

どうりでいくら騒いでも人が来ないと思った。

『一応、ですけど。それにしてもまさかこの学園に私の認識阻害を越え、探知魔法に引っかからない相手がいたなんて……悔しいです。参考までに聞いておきたいんですけど、声まで再現されてます？』

『そっちは大丈夫だと思う。ジェシーとボブの掛け合い部分は全部、「手回し」とか「スクワット」とか運動名になってたから』

『これは盗賊か斥候のジョブ持ちの仲間を手に入れるチャンス!?　情報感謝します！　久々の解除スキル連発の予感！　今度必ずお礼いたしますので!!』

『あ、うん。いってらっしゃ～い』

とりあえず迷惑にはなっていないようで良かった。

それにしても学園に盗賊や斥候なんてジョブ持ちがいるなんて驚いた。あくまでまだ可能性、ってだけなんだろうけど。

盗賊って、いていいのかしら？

一般的なイメージだと窃盗犯ポジションだが、ＲＰＧ系のゲームだと身軽な罠解除師って感じだし、悪い人ではない……と信じたいところだ。私も踊り子なんてジョブを持っているくらいだし、意外とジョブ持ちの生徒も多いのかもしれない。気づかないだけでスキルを持っている生徒もいるのだろう。開花のタイミングは人それぞれで、鑑定してもらうか、偶然発動させるかでもしない限り気づかなさそうだし。

びっくりマークのオンパレードを披露してくれたロザリアさんだが、その数日後、彼女からチャットが届いた。

『ロザリア　に　盗賊　と　斥候（せっこう）　の　仲間　が　加わった』

どうやら無事、仲間にできたらしい。

ゲーム風表記なところから察するに、よほどハイテンションなのだろう。なので私もＲＰＧ風に返信しておくことにした。

『ぱんぱかぱーん！　ロザリア　の　パーティーレベル　が　２　上がった』

パーティーレベルが存在するかは不明だが、ノリの問題だ。

『ありがとうございます！　あ、お礼の品渡したいので空（あ）いてる日教えてください！』

『え、お礼なんていいよ』

『じゃあお土産（みやげ）で』

『ならいただきます！　明後日（あさって）の四限の後だったら大丈夫！』

『じゃあその時間に温室でお待ちしております～』

そして約束の日。温室に足を運べば、すでにロザリアさんの姿があった。彼女の手の中にはプレゼント包装された小さな袋がある。

「お土産（みやげ）です」

「ありがとう。開けていい？」

「どうぞどうぞ」

リボンを解き袋の口を開くと、中には見慣れないものが入っていた。

「これは何の種？」

そもそも種なのだろうか？

形状は植物の種なのだが、色がロザリアさんの頭髪と全く同じ色なのだ。

前世にも確かピンク色の植物の種はあったが、こんなにはっきりとした発色ではなかったはずだ。それに大きさも拳（こぶし）半分ほどと、とても大きい。種でここまでの大きさがあるとなると成長後は相当大きなものになる。一体どんな植物なのだろう。

本当に植物だとして、シュタイナー家に植えるスペースあるかな？

世話は庭師に任せるにしても、育てる前にどうなるのかだけでも知っておきたい。

私は袋から視線を上げてロザリアさんの顔を見る。

「ふっふふ～これはですね、種ではなく『インキュバスの秘薬』なのです！」

「インキュバスの秘薬って何？」

「ただでさえ遭遇率が低いインキュバスがごくごく稀（まれ）に落とすドロップ品で、高位の貴族や王族の方々が喉から手が出るほど欲しがる超・レアアイテムです。政略結婚する際、ご令嬢がお相手に惚れるために自ら呑んでいくんですよ〜。家族やお相手に呑まされるパターンもあるみたいですけど……まぁ『感情操作』アイテムです。ちなみにすごくよく似た『サキュバスの秘薬』というものもありまして、こちらは惚れたい対象が女性の時に使われます。使用方法は——まぁ、人それぞれです！」

「そんなものがあるのね……」

結構この世界に馴染んできたつもりだったが、そんなアイテムが存在するとは……だが存在しても不思議な話ではない。なにせ乙女ゲーム内でも好感度上昇アイテムというものは存在したのだ。

インキュバスの秘薬・サキュバスの秘薬はドロップアイテムらしいが、乙女ゲーム内にあったのは『魅惑の香水』というもの。

全ルート共通のサイドストーリー『王都散策①〜③』で正しい選択肢を選び続け、商人に癒やしの力を使うことで取得可能だ。使用回数は一回と非常にしけているものの、その香水をつけると攻略対象者達の好感度が爆上がりする素晴らしいアイテムである。同時に、使用した途端に一部キャラの攻略に入れなくなるという魔のアイテムでもあるのだが、基本はお助けアイテムだ。また真相エンドにたどり着くための必須アイテムでもある。

「ちなみに抽出したエキスを千倍に薄めた『魅惑の香水』という商品もありまして」

「魅惑の香水もあるんだ！　って千分の一で好感度二十も上がるの⁉」

「好感度二十？」

「あ、乙女ゲームの好感度パラメーターの話」

「ちなみに全体の数値は？」

「百。真相エンドがある王子ルートだけ隠れメーター二十追加で百二十になるよ」

「そんなに効果あるんですか⁉　もう一種の洗脳じゃないですか……とはいえ、サキュバスの秘薬とインキュバスの秘薬もその何百倍の効果はあるみたいですけど」

ゲームよりは薄いようだけど、それでも効果が絶大であることに変わりない。

確かにこんなすごいものがぼこぼこ落ちていたら困る。今のところは悪用されていないようだけど、使い方によっては洗脳した者達によって構成されたハーレム王国を築けてしまう。

正当な理由で必要としている人がいることは分かったけれど、市場に多く流れ込まないようにサキュバスとインキュバスには今まで通り守っていてほしいところだ。

「まさに秘薬ね……ってなぜそんなレアアイテムを？」

「本当は王子に呑ませる用のサキュバスの秘薬を渡そうと思ったんですけど『不敬にな

る！』って仲間に止められました。なのでインキュバスのほうを。これならどちらにも使えて便利ですし」

「どちらにもって？」

止めてくれてありがとう、と仲間の人達に感謝の念を送りつつ、ロザリアさんの言葉に首を傾げる。

「ユリアスさんが呑むのもいいですし、王子が想いを寄せる相手に呑ませるのもいいかと」

「なるほど……って先に相手見つけないと！」

「あ、相手に呑ませること確定ですか」

「もちろん！　私が相応しくないっていうのもあるけど、どうせなら恩返ししたいもの」

「ユリアスさん……」

このアイテムを悪用しようとしている自覚はある。

けれどそれも王子のため。

舞台から退場する間際くらい、悪役でいてもいいじゃないか。

だって私は悪役令嬢だもの。

恨むなら私を悪役に選んだ神様を恨んでよ。

まだ見ぬ王子の想い人には悪いけれど、謝るつもりはない。その代わり、王子がずっと大切にしてくれるから。首を長くしてハッピーエンドを待っていればいいさ。

それから私はロザリアさんからもらった『インキュバスの秘薬』を肌身離さず持ち続けた。

どうやらこれはこのまま口に突っ込んで使えるらしい。

もちろん食べ物に混ぜたりするのもいいらしいが、そうなるとまず相手に用意した食事を食べてもらう必要がある。簡単な調理以外できない私の手料理に混入させ、食べさせるとなると、なかなかのハードルだ。

——ということで、私は口の中に投げ入れる作戦を決行しようと心に決めている。

その時がいつきてもいいように、学園にいる時はもちろん夜会に足を運ぶ際にもドレスに仕込み、屋敷で運動させられている時もすぐ取れる位置に置いておいた。

けれど待ち望んだ絶好のタイミングどころか、お相手さんがなかなか現れない。

それどころか夜会に行けば、王子は「せっかく痩せたんだから暴飲暴食させるわけにはいかない！」と常に私を隣に置き、定期的にダンスという名の運動を開始する。お茶会も当たり前のようにぴたりとくっついたまま。

休日は私を城に呼びつけるか、シュタイナー家に来るかだ。することといえばもちろんトレーニング。

痩せたのに……と呟くと、『体型維持のため』『夜に美味しいご飯を食べるため』なんて、もっともな理由を並べては学園で習ったことを実践させる。たまに王子としての公務がある時は解放されるかといえばそんなことはなく、可能な限り私を引っ張っていく。

おかげで周囲にはすっかり仲良しな婚約者カップルだと誤解されていた。

王子の周りに女性陣は増えたが、それはあくまで『婚約者と仲の良い王子様』に好感を持つ女性であり、『男性』としての『マルコス王子』に好意を持っている人ではない。私にも同様の温かい視線を向けてくるので嫌でも分かってしまうのだ。

――こうしてひたすら、セカンドヒロインの登場を待ち続けていたら、いつの間にか三年生の冬になっていた。卒業までのタイムリミットが迫っている。

「ねぇ、ロザリアさん」

「何でしょう？」

「王子の好きな相手って男性なのかな？」

「え？」

「だって全然それっぽい女性が現れないんだもん！　もうちょっとで卒業しちゃうよ。そしたら私と結婚する羽目になるのに、休日にすることといえば、痩せた私と一緒に運動……。そろそろ魅惑の香水でも用意したほうがいいかしら？」

三年生になってからロザリアさんが学園へ足を運ぶ機会はグッと減った。それでも会える時に一緒に前世のダンスやゲームをするのは相変わらず。会えない分だけ、最近ではチャットの回数が増えた気がする。

卒業してからもチャット友達でいてくれるといいな〜なんて思いながら、一ヶ月ぶりの対面を楽しむ……つもりだったのだが、今日も私の口から出るのは愚痴ばかり。もっと面白い話をしたいと考えていたのに、話を聞いてくれるロザリアさんに甘えてしまっていた。

「王子に好きになってもらうほうに路線変更ですか！」

「いや、タイミング見計らって王子の頭にぶっかける用」

「あ、そっちですか……。もう諦めて結婚しちゃえばいいんじゃないですか？」

「むむう」

全く成果がないと話し続けているせいか、最近のロザリアさんは私がこのまま王子と結婚することをすすめてくる。実際、私もそれでいいのでは？と思い始めていた。

けれど、決して私の国母適性指数が上がったわけではない。

気づいたら王子を好きになっていたのだ。

もちろん、夜な夜なインキュバスの媚薬を少しずつ摂取していた、とかではない。多分、ずっと前から好きだったのだ。

王子の隣にいる時、私は貴族のご令嬢ではなくただのユリアスで良かった。呆れ顔をしつつも、王子はいつだって異世界の知識を持ち合わせるワガママ三昧な私を受け入れてくれるのだ。

悪役になってもいいから王子が好きな人と添い遂げるのを応援したいと抜かしておきながら、今になって相手が出てきたところで本当に秘薬をお相手の口に突っ込めるか分からないし、香水を王子の頭にぶっかける自信もなかった。

王子が私のことを好きになってくれなくても構わない。

数年後に側妃を迎えてもいい。

だからそれまでは一緒にご飯を食べて、一緒に運動したいな、など強欲だろうか。

王子に惚れるなんて、悪役になりたくないと思ってしまうなんて、私は悪役令嬢失格だ。

気持ちを伝える勇気も、縋る勇気もないくせに。

いっそ立ち直れないくらいバッサリと捨てられれば……

それこそ乙女ゲームの悪役令嬢のように。

「はぁ……」

俯(うつむ)く私の頭の上に、ロザリアさんの盛大なため息が降りかかる。

「ロザリアさん？」

「もう卒業まで時間もないですし、言い方を変えましょうか。『悪役令嬢』って言葉で逃げ続けるのやめませんか？」

「え？」

「いじめる標的のヒロインとやらがこんなんですよ？　悪役令嬢だって少し変でもいいじゃないですか。それに少し変なユリアスさんのことを慕(した)う人は多いし、私だってあなたが大好きなんです。じゃなかったらこんなに頻繁に連絡取らないし、お友達なんてやってないんですよ！」

「ロザリアさん……」

声を荒らげて変、変って……

でも素敵だのなんだの、覚えもない言葉だけの魅力を並べられるよりもずっといい。

「ネガティブモードに落ちるならせめて砕けてからにしてください！　当たってもいないのに落ち込まない！」

「でも砕けたら……」

ロザリアさんはここまで背中を押してくれているのに、私にはまだ勇気が出ない。

婚約破棄をしようと考えていた時のほうが、乙女ゲームのヒロインの登場におびえていた時のほうが、ずっと楽だったかもしれない。

恋心なんて自覚しなければ……。

いっそのことインキュバスの秘薬を丸かじりして、薬によって好きになったことにしてしまったなら、うじうじと悩まなくて済んだのかな。

お守りが入った袋をひと撫でなですると、お馴染なじみの感触は布一枚を隔へだててすぐそこにある。ずっと私に使われるために残っていてくれたのかな？　なんて考えが頭を過よぎった。

けれど直後に、ロザリアさんがパチンと両手を叩たたき、その音でそんな考えは吹き飛ぶ。

「その時は、たこパでもしましょ」

「たこパ……」

「たこ焼きパーティーです。実は私、得意料理がたこ焼きでして。自宅にはアダマンタイトで作ってもらったたこ焼き器があるんですよ。部屋は広くないですけど、好きな具入れまくって二人でパーティーしましょ」

「美味おいしいの限定で？」

「もちろんゲテモノありですよ！」

「それは楽しそうね！」

「砕けたら、私は私なりの方法で慰めます。だからユリアスさんはユリアスさんなりの方法でアタックしてください」

「私なりの……」

「時間がかかっても大丈夫です。諦めるのだけはやめてください」

「……分かった。ありがとう、ロザリアさん。元気出た！」

ファイトですよ！　と両手でガッツポーズを作り、応援してくれるロザリアさん。

彼女がヒロインで、お友達で良かった。ロザリアさんがいなかったら、きっと今頃、数日経過したふうせんみたいにしぼんでいたことだろう。

でも、私なりのアタックってなんだ？

今まで考えたこともなかった問いに、頭をフル回転させる。

けれど、ぐるぐるぐるぐるかき混ぜたところで、思い当たるものはどれも今さら。せめて婚約者歴一年未満なら新しい何かを考えつきそうなものの、知り合ってからが無駄に長いのだ。

王子の前ではぐーたらごろごろしてばかり。お花を眺めながら優雅にお茶なんて似合わない。時間があったら汗水垂らして、身体を引き締めるばかりで、ロマンチックな雰囲気になったことなどただの一度もない。

「やっぱりこの関係から進展させようっていうのが無理なのかな？」

何日も頭を抱える私を見かねて、ラッセルが差し入れてくれたクッキーを食べつつ呟く。

ちなみに王子にはクッキーのことは内緒だ。バレたら怒られる。運動量も増やされるだろう。

でもラッセルが用意してくれたのはジンジャークッキー。ショウガには基礎代謝を上げる効果があったはず。栄養面はラッセルに丸投げのため、詳しい効能は知らないが、前世でもショウガダイエットというものがあった。身体にいいのは確かだ。

個人的には美味しかったらなんでもいい。

「温かい紅茶とよく合うわ～」

ホッと一息吐き、心を落ち着けた。

無理だと思ったら、できることもできなくなる。だからこそ、突破口を探し続けなければならないのだ。

第三章

「──馬車酔いしたか？」

「へ？　ああ、大丈夫ですよ」

今日は久しぶりの社交界。

作ったドレスも無事にファスナーを上までしめられた。あそこまで毎日トレーニングを続けているのだ。痩(や)せずとも太ることはない。

「そうか？　今日は隣国の貴族からの招待だからな。ちゃんと座っていろよ」

「は〜い」

初耳だったが、今日はお偉いさんが来るらしい。

それで、最近はいつにも増してトレーニングに力が入っていたのか。

嫌がらせかと考えていたのに、王子も私の社交界不在には焦(あせ)っているのかも。

だったらさっさと婚約破棄を、と今までなら切り出していた。けど今は、私を見捨てないでいてくれる王子に感謝している。本当は真実の愛を見つけて切り捨てたほうがいいと思っているけど……

　でも何年も片想いをしているな、って自分でも感じる。

　拗らせていると拗らせてても仕方ないよね。

　それでもインキュバスの秘薬の投球練習をしていた時よりは進歩しているはず。前世の記憶の奥底から野球選手の投球方法を頑張って思い出して、丸めた布を投げて練習してたもん。体操と合わせて毎日頑張り、カーブもスライダーもマスターした。国内野球チームができたら真っ先に指名されるくらいの実力はついている。まぁ実際は、誰にも披露する機会がなかったため、自分で手を挙げるしかないんだけど。

　窓の外を眺め、高く打ち上がる球を思い浮かべる。……そういえば私、打つほうは全然ダメだ。投手でも打てないと起用してもらえない。

「王子、帰ったら野球しません？」

「は？」

　王子の素っ頓狂な声に、私はいつの間にか考えがブレていたことに気づく。今考えるべきは、野球チームに入れてもらうためのアピール方法ではない。恋愛的なものだ。

　いくら王子が脳筋とはいえ、投げて打てるなんてアピールにもならない。迷走しすぎた。

「やっぱり、なんでもないです」

いきなり変なことを言い出した私の顔を、王子は心配そうに覗き込む。

「体調でも悪いのか？」

「至って快調です」

「そうか？」

「はい。この通り」

狭い馬車の中で、私はブンブンと両手を振り回す。やや大げさだが、心配はいらないとの意味もある。

「変なものを食べたとかじゃないならいいが」

「私、まずいものはちょっと……」

「美味かったらいいのか」

心配そうな表情は次第に呆れの色を強くする。そのことに、私は胸をなで下ろした。

王子はやっぱりこうでなければ。

この掛け合い、ヒントにならないかな？

直球で攻めるのは無理だ。私達らしくない。

今日とは内容が違ったとしても、真面目な問いかけに今と同じような反応が返ってくる。ならいっそ、初めから王子が呆れる流れにするのはどうだろうか？

我ながら良いアイディアじゃない！

突破口が端っこだけでも見えてきたと、私がはしゃぐと、またもや「本当に大丈夫か？」と心配されてしまった。

その後も何度か同じようなやりとりをしているうちに、馬車は目的地に到着する。

今日は、隣国の領主様が食事会に招待してくれたらしい。国境沿いに位置するこの領とは今後、友好関係を築いていきたいと話していた。

そんな都合もあってか、馬車を降りる直前、王子は私の肩をがっしりと掴む。おでこが触れそうな至近距離。だが空気感はいつも通り。

「ご令息が我が国に遊びに来た際に食文化に興味を持ってくれたらしい」

「へぇ～」

「だから話しかけられることもあるだろうが、絶対に変なことを言うんじゃないぞ！」

国を跨いだことで、王子のスパルタモードは保護者モードにチェンジしたらしい。

お口はチャック、手はお膝とはいかないが、私もこれでも貴族なのだ。回数は少なくとも場数はある程度踏んでいる。要は黙ってご飯を食べていればいいのだ。いつもはうっとうしいと感じる王子の食事制限も、今日は頼りにしている。ちょうどいいところで止めてくれることだろう。

「了解です」

頼りにしてますよ、との意味も込めてグッと親指を立てると、長いため息が返ってきた。そこまで含めて通常運転。今日も上手く切り抜けられそうだ。

先に降りた王子の手に自分の手を重ね、馬車から降りる。頬をくすぐる風はどこかいたずら好きで、ふふっと声が漏れた。

王子のエスコートで会場に足を踏み入れると、前方から男性がやってくる。黒いジャケットのよく似合う彼は私達と同年代だろうか。透き通るような銀色の髪を後ろに撫でつけて、びしっと決めている。

「ようこそいらっしゃいました。ユリアス様、マルコス王子。私、バードル伯爵家三男、リゴット・バードルと申します」

綺麗な礼と共に自己紹介をしてくれる。

一見すると歓迎してくれているようだが、私は少し引っかかりを感じた。

「初めまして、リゴット様。この度はご招待いただきありがとうございます」

けれどニコニコとした笑みに隠れて、違和感の正体は掴めない。考え込む暇もなく、王子に続きリゴット様と握手を交わす。

「存分に楽しんでいってください」

私は彼が立ち去ったタイミングで王子の裾を引く。

「王子」

何かおかしくないですか？　との意味を込め、視線を送った。けれど王子がこちらの意図に気づく様子はない。

「馬車酔いか？」

「違います！」

どれだけ馬車酔い推しなんだ。

体調不良ということで下がらせたいのかと、呆れた視線を投げると、「なんだよ……」と軽く睨まれるだけ。王子は何も感じなかったようだ。

私の気のせいなのかな？　何もないならいいんだけど……

もやもやとした気持ちを胸に抱えながら、使用人に案内された席に腰を下ろす。

「それにしてもお花が多いですね」

ぐるりと見渡すと、あちこちに花瓶が置かれている。それも同じ花ばかり。お気に入りなのかな？　と首をひねる私に、王子がこっそりと教えてくれる。

「あの花――スイートアリッサムはこの領地を象徴する花なんだ」

国花ならぬ領花といったところか。甘い香りがふんわりと漂っている。帰ったら部屋にでも飾ろうかな〜。

「今日の食事として用意する寿司に使われるわさびも同じアブラナ科の植物なんですよ」

「リゴット様！」

彼の声に思わず身体を大きく震わせる。

参加者達の話し声にまぎれていたとはいえ、足音一つ聞こえなかった。一体どこの里で修行を積んだのか。

気を使って話を振ってくれたのだろう彼に失礼のないように、私は汗を垂らしつつも平静を装う。

「今日はお寿司を食べられるのですね」

この世界、お寿司まであるのか。

隣国も似た感じの西洋ファンタジー世界だと思っていたけれど、多少食文化は違うようだ。バードル伯爵領は海沿いだし、自然と海鮮系の食事が多くなるのかもしれない。

それにしても以前調べた際には、コメは東方の国でしか食べられていなかったはず。まさか数年で隣国まで広がっていたとは……。学園に通い始めてから、私のグルメサーチがおろそかになっていたと認めざるを得ない。より良い食事を手にするためにも再び本腰を入れなければと決意する。

今日のお寿司は存分に味わうことにしよう。

「もしやユリアス様はお寿司をご存じですか？」

「ええ。以前食べたことがありまして。ただ、わさびはあまり得意ではなく……」

「辛みは苦手ですか？」

「すみません」

兄が一時期わさびにハマっていたことがある。たまご寿司に合うわさびを探して、わさび農家さんのもとにわざわざ足を運び、至高のわさびを探し歩いていた。その付き合いで何度かわさびを食べたのだが、やはりツーンとした辛みはあまり好きになれなかったのだ。マイルドな辛みなら大丈夫なのだが、好んで食べようとは思えない。

「ではユリアス様にはさび抜きをご用意いたしますね。マルコス王子はいかがなさいますか？」

「私は是非わさびというものを堪能してみたいものです」

「初めてですか？」

「お恥ずかしながら寿司もわさびも初めてです」

「そうですか。ではすりおろす前に一度お持ちいたしますね」

「楽しみにしております」

一体どんな寿司が食べられるのだろう。日本のお寿司か、海外のカリフォルニアロールみたいなものが出てくるのか。はたまた異世界寿司が食べられるのか。期待値が急上昇する。

「ところでユリアス、どこで寿司を食べたんだ？」

「あ〜。以前ラッセルに頼んで作ってもらったんですよ」

真っ赤な嘘だ。ラッセルを巻き込んでしまったことに申し訳なさが募（つの）るが、他に思いつかなかった。だって正直に前世でお祝い事の度に食べてましたよ！　なんて言えないし……

「そうか。ラッセルは大陸中を回っているらしいから、この国に来た時に食べたのかな」

私の即席の嘘に王子はコクコクと頷（うなず）いて、納得してくれた。

「そうかもしれませんね」

運動関連は全くごまかされてくれないのに、専門外なら案外ちょろいものだ。後で確認されても困るので、帰ったらラッセルと話を合わせなければならない。新たな料理に彼も喜んでくれるだろう。

今日は職人さんまで呼んでいるらしく、調理スペースには板前さんが数人並んでお寿司を握っている。寿司ゲタに乗せられて運ばれてきた握りと軍艦に、私は目を輝かせた。

「つやっつや」

トロにアジ、甘エビにウニ、コハダにサバ、カンパチまである！

イカやタコがないのは文化の問題なのかな。前世でも海外ではあまり食べられていなかったみたいだし。

それでもたまご寿司があるのはなんとも嬉しい誤算だった。王子の分はまだ運ばれてきていないが、お寿司は握り立てが美味しいのだ。「お先に失礼します」と声をかけると、王子は小さく頷いた。だがそれは先に食べることに対してだけだったようで、私がたまごを取った瞬間、眉をひそめる。学園内での昼食時を彷彿とさせる表情。続く言葉はもちろんお小言だ。

「たまごからいくのか？　海鮮が名産なのに……」

「私、好きなものから食べる派なんで」

「いつもは肉を最後に残しているくせに」

それは王子に譲る用ですよ、なんて正直に言ってやるつもりはない。王子の言葉を無視してたまごを口に運ぶ。ちょうどいい甘さだ。この場に兄がいたら絶対たまごのエンドレス注文を行うに違いない。

出先で美味しいもの見つけちゃったと頬を緩める私に、王子が「良かったな」と呟く。

「はひ」

「ユリアス様のお口に合ったようで何よりです」

「美味しくいただいております」

私の言葉にリゴット様はにっこりと笑う。彼の手には竹ザル。そしてその上には緑色の食材が寝転んでいる。

「こちらがわさびでございます。すりおろして、シャリと呼ばれるものに載せます」

どうやら先ほどの宣言通り、寿司とわさび初体験の王子のために、わざわざ持ってきてくれたようだ。どうりで王子の分だけなかなか来ないわけだ。お父様達はわさびを気に入るかもしれないし、説明する時に備えて、この世界のわさびもしっかり見ておかないと。

じいっと見つめていると、とあることに気づいた。

重大な事実。

周りを見回しても他の来客達に異常は見られない。おそらくこれだけ間違えて採取してしまったのだろう。相手のメンツを壊さぬよう、私はこっそりとリゴット様に耳打ちする。

「それ、わさびじゃないですよ」

「え？」

前世と違うものの可能性もあるが、先ほどリゴット様は確かにアブラナ科と言った。ならば前世のものと同じ可能性が高い。

目を丸くするリゴット様に分かってもらえるよう、前世の記憶を呼び覚ましながら説明した。

「わさびの花って小さな花束みたいに上を向いているんです。でもその花は小さな花弁のお花が集まって、ボンボンみたいになってます。おそらく、セリ科の花かと」

根っこの部分はわさびとよく似ている。だが彼の手のザルの中にあるものはわさびではない。葉っぱも小さいし。

この植物はおそらくドクゼリ。トリカブトやドクウツギと並ぶ、日本三大有毒植物の一つだ。小川や浅い池、沼、湿地など水分の多いところに自生し、日本だと北海道から九州まで広く分布している。毎年、わさびと間違えて食べてしまう人が後を絶たない恐ろしい野草だ。

兄が作った『わさびソング』の一節にも『ドクゼリは危険～　間違えるなよ～』とあった。その曲の二番ではドクゼリとわさびの違いが歌われている。根元はよく似ているのに所属する科目が異なる。そこに注目すればいい。葉や花、葉柄(ようへい)の長さなど見分けるポイントは複数存在する、と。

まさか転生後に、兄の歌が役立つ日がくることになろうとは。

もっとも招待してもらった手前、毒性があるものと断定することはできない。あくまでそれに繋がる言葉を紡ぐだけだ。

なのに、リゴット様は「さすがグルメマスターですね」と笑った。毒性があることに気づいていないのかもしれない。ストレートに告げるべきだろうか。だけど機嫌を損ねられても困るし、王子にも迷惑がかかる。いや、今後同じ間違いを起こせば最悪死人が出る。

「ドクゼリという有毒植物かと」

重要性を訴えるため、声のトーンを下げて告げた。けれど、彼からの返答は非常にあっさりとしたものだ。

「ドクゼリでしたか」

たったそれだけ。

リゴット様は『ドクゼリ』を知っていた。知っていて、この反応なのだ。

危うく来客を殺しかけたのよ？

思わず眉をひそめているうちに、リゴット様はそのままドクゼリと共に下がっていってしまった。

「何かあったのか？」

「王子の分もサビ抜きにすれば良かった」

「なぜだ？」

急に機嫌の悪くなった私に、王子は不思議そうだ。

だらだら過ごしていた私には初めての経験だが、ここで毒を盛られかけたと正直に告げてはいけないことくらい分かる。未遂である以上、告げるとしたら馬車の中。最善は自国に戻った後で、信頼できる人物しかいない場所で話すことだろう。

「王子、運ばれてきたら私にください」

指摘した以上、そのまま出すとは思えないが念のため。本当は食べないのが一番だが、出されてしまったからには食べないわけにはいかない。

「もしかしてユリアス、腹が減っているのか？　いくらなんでも他国の食事会で人の分を取るのはどうかと思うぞ」

食い意地が張っていると思われたところで今さらだ。王子に「いいから」と強めの言葉を投げると、呆れつつも了承してくれた。

最悪に備えなければ。

セカンドヒロインの代わりに現れたのが毒なんて笑えない。

私は小さく息を吸う。

本物のわさびが入っていれば何の問題もない。無用な心配に終わることを祈りつつ、王子の前に置かれた寿司ゲタを移動させた。

ドクゼリの致死量は五グラム以上。お行儀は悪いが、自分の箸でわさびを避ける。シャリやネタに付いた部分はどうしようもないが、できる限り付着量を減らしていく。そして王子の手が伸びる前に次々に口に運んだ。

潜伏期間は三十分以内。

症状はすぐに表れた。舌が痺れてくる。

間違いない、ドクゼリだ。先ほど指摘したにもかかわらず、そのまま使用したということか。

バードル家の席に座るリゴット様をキッと睨みながらコップの水を飲み干す。自分の分だけでは足りないので、王子の分も。さすがに水にまでは毒が含まれていないみたいだ。

「ユリアス」

王子は諫めるように小さな声で指摘してくるが、それどころではない。こっそりと「毒が入っています」と耳打ちすると、王子は目を丸く見開いた。

寿司以外にも毒物を仕込まれている可能性に備え、二人揃って以降の食事には一切手を付けない。そして、付き添わせていた従者に伯爵に伝えるよう指示を出した。

従者はドクゼリの存在を知らぬようだったが、無事に伝えてくれる。従者に耳打ちされると、伯爵の顔色は真っ白になっていった。彼はドクゼリを知っているのだろう。

軽いものだと嘔吐・下痢・腹痛程度で済むが、重篤化すると呼吸困難・痙攣・意識障害を引き起こす。最悪の場合、死亡。いくら摂取量を減らしたとはいえ、舌の痺れ程度で済んだのは運が良かった。

「申し訳ないが、今日の食事会は中止だ」

バードル伯爵によって食事会はその場でお開きになる。当たり前だ。

全ての食事をそのままに、来客達は訳も分からぬ状態で馬車に乗せられる。けれど私と王子だけは引き留められた。客人がいなくなった屋敷で、用意されたお茶には手も付けず、無言で家主の訪れを待つ。

「すまなかった。あなた方がいなければ大事件になっていただろう」

部屋に入るなり、頭を下げたバードル伯爵。若者二人相手に深々と。迅速な対処も行ってくれたし、真面目な人みたいだ。だから私は、正直に告げることにした。

「リゴット様が見せてくださったものがドクゼリだったものですから」

「何？」

「ドクゼリですと告げたのですが、その……あまり気にしている様子がなかったもので」

我ながら嫌みな言い方だ。

それでも食事に毒を混ぜるなんてマネは許せない。ましてや王子が被害にあいそうだったのだからなおのこと、私の怒りのボルテージは沸々と湧き上がる。

「リゴットを呼べ。話が聞きたい」

地を這うような低い声。

バードル伯爵も息子の危機管理能力の低さに苛立ちを覚えているらしい。リゴット様は使用人により、すぐさま客間に連れてこられた。先ほどとは打って変わってヘラヘラとした表情に、私の怒りは噴火寸前だ。

「なぜ報告しなかった！」

鋭い視線と怒声を投げつけられてもなお、リゴット様は笑みを浮かべたまま。一体何を考えているの？　気味が悪い。

「答えろ！」

息子の態度に我慢が効かなくなった伯爵は、リゴット様の襟首を掴む。けれど彼はその手をバチンと打ち落とし、姿勢を正す。そして伯爵には目もくれず、私に視線を固定させた。

「我が国でしか食べられていないわさびを食したことがあるというだけでも驚きましたが、まさか食べて毒を判断されるとは……恐れ入りました」

私の前で膝をつき、頭を垂れる。その光景は異様としか言いようがない。けれど少しだけ学園の生徒達と似たところがある。歪みこそあれど、その瞳が映しているものは尊敬なのだ。

「狂信者か」

王子が呟いた言葉に、私は当初抱いた違和感の正体を掴んだ。けれど、すぐにその答えは否定される。

「私は、やっと真の神に会えた」

「真の神？」

「ずっと捜していたんです。大陸中を回って、神と呼ばれる人を捜した。……けど、誰も大したことはありませんでした。ユリアス様以外みんな、偽者でしたから」

「っ、リゴット、お前まさか！」

「神様なら簡単には死にませんよね」

彼は『神』と呼ばれる相手なら誰だって良かったのだろう。今回の標的が『グルメマスター』と呼ばれる私だっただけ。

けれど、死ななかったのは神だからではなく、たまたまだ。たまたまわさびとドクゼリの違いを知っていた。もしも兄が変な歌を作らなければ、そして私が『わさびソング』の歌詞を忘れていれば、気づけなかった。運が良かった。ただそれだけ。

伯爵によってリゴット様は捕らえられたが、一切抵抗することはなかった。ただただ両手を組み、祈りを捧げるように「我が神よ」と繰り返している。狂信者ではなく、狂人だ。何がきっかけでこうなったのかは知らない。だが何があっても殺人未遂は見逃せなかった。

それから数日、私達はバードル屋敷で過ごすこととなる。何度も頭を下げられ、食事の度に毒味役を用意されるのは、気分の良いものではない。それでも取り調べが済むまでは、重要参考人として待機する必要があったのだ。

取り調べの結果、リゴット・バードルが各地で殺人を行っていたことが明らかになった。神と呼ばれる人物達を、相手の得意分野を利用して殺していたらしい。

私はグルメ分野で突出していたから食事で。他の来客達の食事からは一切毒物が検出されなかった。本当に私達だけを狙っていたようだ。ドクゼリを使った相手が私ではなく王子だったのは、殺害に使うつもりだったわさびを知っていた上、私が抜いてくれると指示を出したからだろう。

食事会の直後に回収した、バードル家の調理場にあった食材からは、複数の有毒植物が見つかった。その日の食事に使用する予定だったらしい。ハシリドコロの名前を聞いてゾッとした。なにせ、お寿司の次はてんぷらうどんだったのだ。フキノトウの天ぷらとしてそれを出されれば、今度こそ私は死んでいたかもしれない。彼は毒のフルコースを完成させるつもりだったようだ。本当に、運が良かった。

本人に確認してみると、「よく見つけましたね」の一言で終了したそうだ。最後まで、王子や殺害相手への謝罪の言葉はなかった。

バードル領の花、スイートアリッサムの花言葉は美しさに優る価値。

リゴット様が求めたものは本当に真の神なんてものだったのだろうか。彼はただ、神と呼ばれる人物に認められたかったのかもしれない。けれど人殺しは所詮、人殺し。どんな意図があろうとも犯罪であることに違いはない。

全てが終わり、帰宅の馬車が発進した途端、伯爵がいる手前言えなかった愚痴が一気に溢れ出す。

「本当に頭のおかしな男でしたね。お寿司、美味しかったのに！」

「助かった」

「感謝なんていりません。元々の標的は私ですし」

「だが実際狙われたのは俺だ」

簡単に納得することはできない。なのに王子はやけに落ち着いている。多分、毒を盛られたことは一度や二度ではないのだろう。

私がずっと、婚約者業をサボっていたから知らなかっただけで。

今回、一緒にいたのが私だったのはラッキーとも言える。そもそもあの場に私がいなければ毒を混ぜられなかった可能性も高いため、都合の良い考えだけど。

誰かがグルメマスターなんて変なあだ名を付けなければ！　と頬を膨らませたところ、王子がポツリと呟いた。

「それに、ユリアスは気づいていたのだろう？」

「何にです？」

「寄越せと言った時点で気づくべきだった」

「それはただ、お寿司が美味しかったからですよ」

「……そうか。ともかく二人とも何事もなくて良かった」

私が勝手にやったことだ。別に感謝される覚えはない。わざわざこの話を引き延ばす必要もなかった。

命を狙われた当人がこれ以上話したくないと言うのなら、私が傷口を無理に開くことはないのだ。

「……そうですね」

返事と共に思考を切り替える。

思えば食事会以降、数日間王子と共に過ごす時間があったのに、話題といえばリゴット様のことばかり。仕方ないとはいえ、良いアタック方法を考える時間もなかったし……分かったことといえば、ロザリアさんにチャットを送ろうと思って開いたステータス画面に『毒耐性　Lv.1』が加わっていたことくらいだ。

そんな不名誉なスキルいらなかった。ああ、やっぱり最悪。とんだ災難だったわ。

頬を膨らませ続けていると、「帰ったらラッセルに寿司を作ってもらえばいいだろう」と見当違いの言葉が隣から飛んできた。

「俺も食べたかったし」

「用意に少し時間はかかると思いますけど、ラッセルに頼んでおきます」

「よろしく伝えておいてくれ」

王子なりの励(はげ)ましなのか、はたまた本当にお寿司を食べたいだけなのか。

真意は分からないが、今、私が真っ先に考えるべきは『ラッセルに作り方を説明して、お寿司を完成させなければ』ということだった。

◎　◎　◎

現物がこの世界に存在していることもあり、ラッセルはすぐにお寿司の作り方をマスターしてくれた。通常、寿司職人になるには年数がかかるらしいのに、ラッセルの腕前はすでに板前級だ。さすがラッセル。天才だわ。

作ってもらったたまご寿司を食べながら、忘れかけていた王子へのアタック方法を考える。でもいいアイディアは浮かばない。

元はといえば王子がモテないのが悪いんじゃないか。セカンドヒロインが来ていれば、私の役目はインキュバスの秘薬を口に突っ込むだけで良かったのだ。練習した成果で華麗に決める。そうすれば、どうしたらこの想いに気づいてもらえるかなんてややこしいこと考えずに済んだのに。

頬を膨らませて軽く睨むと、マグロの握りを頬張る王子と視線が合う。

「どうかしたのか?」

「別になんでもありませんよ」

それにしても、いくらラッセルが作ったとはいえ、なぜ王子はこうも抵抗なくお寿司を食べているのか。

「そうか？　あ、ラッセル。もう一つマグロを」

「承知いたしました」

毒を盛られたことのある料理だというのに、あまつさえおかわりまで頼んでいる。私の視線など構いもせず、パクパクパクパクと。

今何貫目だ？　ラッセルが気を利かせて多めにネタとシャリを用意したのを良いことに、先ほどから一度も手が止まっていない。

人にセーブしろと言っておいて、それはないだろう。

「少しは遠慮したらどうです？」

「あの日、俺だけ食えなかったしな」

「怖いとか思わないんですか？」

王子はラッセルが隣国から仕入れたわさびを気に入ったらしく、わさび醤油を付けている。

わさびは仕入れ時点で間違っていないか、ちゃんと葉っぱを擦って香りも確認した。安全性に問題はない。それでも一度は偽物を食べそうになったのに、王子は私の質問に不思議そうに首を傾げる。

「食べすぎたなら後で動けばいい。俺にとって運動は苦ではないからな」

さすが脳筋王子。怖いのは食べすぎで太ることなのか。

この人も毒耐性とか持っているのか？　それともただ肝が据わっているだけ？

どっちもなんだろうな～。さすが王族。私みたいな一般人とは違うわ。

「ラッセル、私、たまご」

「ユリアスはたまご好きなんだな」

「好きですけど、今日の分は某たまご好きへのリスペクトも込めて多めに食べてます」

「は？」

王子の頭上には沢山のクエスチョンマークが浮かぶ。

私以外には意味が分からないことだ。元々分かってもらおうなんて思っちゃいない。私が食べても、このちょうどいい甘さに調節されたたまご寿司の美味しさが、地球に残っている兄に伝わることなんてない。

それでも食べずにはいられなかった。だってお兄ちゃん、たまご寿司の歌は作らなかったから。あったら歌って、即席の振り付けもするのに。

ラッセルが握ってくれたたまご寿司に端から順に手を付けつつ、脳内でわさびソングを再生する。私はわさびが苦手だけど、一緒に食べている王子が気に入ったからセーフってことで。

何に言い訳しているのかは自分でも分からないけれど、理由なんて私が脳内再生したいと思ったからで十分。深く考えたら負けだ。

「ガリも食え。ガリも」

「王子、ガリってお寿司の中では野菜ポジションじゃないですからね!?　口内すっきりさせる役です」

「そうなのか？　だがショウガだろ？」

王子の中では、野菜はとにかく沢山食べればいいものとしてカテゴライズされている。

小首を傾(かし)げ、きょとんとした顔は可愛いが、ガリの大量食いをさせられたらたまらない。苦手じゃないけれど、適度に食べるからいいのだ。

「ショウガですけど……。でも大量に食べる目的で置かれているわけじゃないので」

どう説明するべきか。

うーんと唸(うな)りながら、私は最後のたまご寿司を頬張る。もちろん次のネタを頼むのも忘れない。

「栄養が偏(かたよ)らないか？」

「他の二食で調整すればいいんじゃないですか？」

前世でも、美味(おい)しければそれで良い主義だったのだ。ダイエットの特集記事なら少し読む程度。ファストフードをどか食いするのと比べればカロリーは低いよね～くらいの知識しかない。栄養がどうのこうのと言われたところで詳しい情報など差し出せないのだ。

「気になるようだったらサラダでも用意してもらいますか？」

ラッセルに視線を向けると、彼がコクコクと頷(うなず)いてくれる。きっとすぐに用意してくれることだろう。けれど、王子はふるふると首を振った。

「そういうものならいい」

「そうですか」

「野菜ならわさびもとっているしな」

「わさびは調味料です……」

「そうなのか⁉」

「はい」

カテゴライズ的には野菜に含まれるのかもしれないが、インスタント麺(めん)のかやく問題と似たようなものだ。あれは野菜だけど、野菜カウントしていたら栄養バランスが～ってやつ。

転生する少し前は野菜の量を売りにしていたインスタント麺もちょくちょく出ていたので、今はかやくも立派な野菜なのかもしれない。でも私は、あれを野菜カウントするな！　野菜は別にとれ！　と友人からキツく言われている。思い出してみると、野菜を食え食え言われるのは何も今世で始まったことではないな。どうも私の周りには世話焼き体質の人が多いようだ。

「サラダ、用意しますか？」

王子にもう一度問いかけると、こっくりと頷いた。

「ラッセル。私の分もお願い」

「お前が自分から野菜を食べようなんて珍しいな」

「どうせ後で言われるなら初めから用意してもらおうと思いまして」

「よく分かっているな」

「長い付き合いですから」

「そうか」

嫌みで言ったつもりなのに、王子はなぜか俯く。顔色は一切変わらない。王子のことだ。恥ずかしがっている、なんてことはないのだろう。となれば、残るは変なことを考えているに違いない。

私、大きめのボタンを押してしまったかもしれない。

脳筋王子のスパルタボタンを。

「ユリアス、今度の週末は王家の別荘に泊まりに行こう」

言いたいことは分かるだろう？　みたいな目で見てくるのはやめて！

大体の意図は読めるけど、分かりたくない。イケメンスマイルから目を逸らすと、王子はイケメンボイスで耳からの侵入を試みた。

「あの数日間トレーニングできなかったからな。その分、合宿しよう」

「あーあー、何も聞こえないー」

なぜ自分は何も悪くないところで割を食わなければならないのか。

私は耳を塞いで聞こえないふりを貫く。けれど王子が私の手を耳から引き剝がし、にっこりと微笑んで悪魔の言葉を告げた。

「トレーニング合宿をしよう」

「……合宿計画諦めてなかったんですね」

「たまには違うトレーニングもいい」

他の女の子達にも同じことを言ったのだろうか？　だったら恋愛対象から外されても

仕方がない。いくらイケメンでもこれはなかった。

「別にいつも通りでいいですよ。できなかった分はこれから少しずつ……」

「俺ではなく、妖精がいいのか？」

王子は悲しげにぽつりと呟く。

「は？　妖精？」

王子は一体誰と張り合っているんだろう。

もしかして私、妖精さんと話せる系メルヘン女子だと思われているの⁉

いや、魔法が存在する世界だから実際に妖精さんが存在していても変ではないけれど。でも私、妖精さんとはお会いしたこともお話ししたこともない。完全未知の存在だ。私の中ではツチノコと同じカテゴリーに含まれている。

「あの、王子。妖精って一体……」

「だが妖精と遊ぶのは学内だけでいいだろう。休日は俺の担当だ」

俺が痩せさせる！　と胸を叩く王子に、だから妖精って何⁉　あの学園にいるの⁉　と突っ込む勇気などなかった。

「……分かりましたよ。行けばいいんでしょう。行けば」

妖精さんの謎は残るし、トレーニング目的ということは朝から夜まで運動漬けで休む暇などほとんどない。だが見方を変えれば、それだけ王子と一緒にいる時間が長いということでもある。運動はしたくないけど、卒業までのタイムリミットは刻一刻と迫っているのだ。

二日の我慢で良い案が浮かぶなら安いものだ。そう思った。

◎　◎　◎

週末――私は王子と共に馬車で揺られている。王家の別荘まで馬車で数刻。それは海から少し離れた場所に建っているらしい。

「プライベートビーチもあるから砂浜ダッシュもできるぞ」

「……あ、はい」

なんだ、そのトレーニングのために建てたみたいな別荘。いつもよりもテンションの高い王子が立てたトレーニング計画表から、私は目を逸らす。逃げられないことは理解しているが、せめてもの抵抗だ。さすがに別荘もとい合宿場に到着する前からこのテンションでは疲れてしまう。

「食事もラッセルと相談して用意したものばかりだから期待していてくれ！　……って

なんだ、その目は」

「……なんでもないです」

絶対ラッセル考案の料理に、王子の手が加わっているんだろうな。相談するくらいだったらいっそラッセルを連れてきてほしかったわ。これから二日間、野菜のオンパレードだと思うと自然と視界が涙で歪む。

私はアイディアを獲得するために、かなり身体を張る決断をしてしまったようだ。

窓から外を眺めると、太陽の光に照らされて水面がキラキラと輝いている。

「ゼリー食べたい」

ラッセルの作るゼリーをただのゼリーと侮ることなかれ。あれはガラスの瓶に詰め込んだ芸術品だ。気泡がないのは当然のこと。艶まである。カットされたフルーツはどの角度から見ても綺麗で、万華鏡のようだ。思わず私も鑑賞タイムを十秒設けてしまうほど。お母様主催のお茶会で出した際には大変好評を博したらしい。それでいて美味しいのだから、『最高』以外言うことはなかった。なんでもフルーツ自体はもちろんのこと、水にもこだわっているのだとか。シュタイナー家は本当に素晴らしい調理人を雇ったものだ。いつものことながら、ラッセルの腕前には恐れ入る。

「ゼリーくらいなら作らせるが？」

「いえ、大丈夫です」

ゼリーはおやつもしくはデザートカウントになることだろう。いくらカロリーが低く抑えられたところで、代わりに何かが減る。この二日で大事なのは、一に味で二に量なのだ。食べたいものくらい二日なら我慢する。だが空腹は無理だ。ぐーぎゅるぎゅるるるるなんて腹の虫の大合唱に耳を傾けながら砂浜ダッシュなんて私にはできない。食欲を忘れられるほどの悟りは開いていないのだ。

ゼリーとラッセルに思いを馳せる余裕があるのも今のうち。早くも私のお腹はきゅるるるると情けない音を奏で始めている。

「到着したら軽く運動してから食事になる」

「先にご飯は……」

「食後すぐには動けないだろう？」

「そうですね」

予定表と懐中時計を見比べ休憩時間の計算を始めた王子に、私は文句を吐くことを諦めた。

別荘に到着してすぐに運動用の服に着替え、首からタオルをさげる。準備は万端。同時に、お腹も食事の準備を整えている。

お腹ぺこぺこ。ちゃっちゃと済ませてご飯食べたい！

食欲を訴えるように、王子に強い視線を向ける。

今、この瞬間から、さぞスパルタな鬼合宿が始まることだろう——そんな私の予想はガラガラと音を立てて崩れ去った。

「ストレッチの後、小屋の周り十周な」

「え？　十周？　小屋ってこの小屋でいいんですよね？　さっき通過した湖にあった休憩スペースとかじゃないですよね？」

「ああ」

到着してすぐの軽い運動とはいえ、たった十周でいいなんて……。しかもこの小屋、別荘ということもあり、シュタイナー家よりも随分と小さいのに、だ。

口に出せば増やされそうなので、両手で口を押さえて疑問をグッと腹の底まで押し込んでからストレッチに入る。

「手首と足首は入念にな」

「は～い」

王子のスパルタトレーニングのおかげでストレッチにもすっかり慣れた。指摘された手首と足首はくるくると多めに回し、手と足をぶらぶらと振る。もちろんそれ以外の部分のストレッチも怠(おこた)らない。サボって後で痛い思いをするのは私なのだ。

「十周、開始」

ピーッと鳴らされた笛の音で、ランニングが始まる。ペースはいつもよりやや遅め。初めということで軽くしてくれているのかもしれない。


――なんて思ったのだが。

「昼食はハンバーガーだ。ラッセルからもらったレシピで城のシェフに作ってもらった」

サラダが多めに盛られ、フライドポテトの量は減らされていたものの、概(おおむ)ねいつも通りの食事が並んだ。飲み物は水とグリーンスムージー。相変わらずの野菜推(お)し以外は、突っ込みどころがない。

一体どういうつもりだろう？

王子らしくもない。それでも食べられるうちに食べてしまおうと、用意されたものを全て平らげ、唯一おかわりが許されていたサラダは三皿分食べた。

お腹(なか)を摩(さす)りながら食後の紅茶を楽しみ、しばしの休憩をとる。ふうっと一服していると、王子はどこからか運んできたボードに今日の予定を書き出す。キュッキュと音を立てて書かれた予定に、思わずカップを落としそうになった。

「食事の後はアスレチックエリアで縄跳びとうんてい、鉄棒を行う」

少なすぎる。

移動時間は十五分程度で猛ダッシュしたとしても、さほど負担にはならない。なのにトレーニング内容が、休日に大きめの公園に遊びに行った時のようなものばかり。

もしや私は長時間、何十キロもする大縄飛びを回すように言われたり、鉄棒で懸垂させられたりするのだろうか。うんていは二本飛ばしまでならいけないこともないが……

「二刻ほどトレーニングしたら別荘に戻り、夕食をとった後、湖を一周する」

たったそれだけ。おかしい。実はあの湖の周りはぬかるんでいて、足を取られて進む度に体力を削られるとか、何か裏があるはずだ。

私はピッピッピと一定のテンポで吹かれる笛のリズムで、アスレチックエリアへ猛ダッシュ。その後は縄跳びとうんてい、鉄棒で一通り遊んだ。

そう、私がしたのはトレーニングではなかったのだ。特にハードな運動を要求されることもない。一定間隔で置かれた木の杭の上をぴょんぴょんと飛び移っても文句一つ言われなかった。むしろ王子も同じように飛んで遊ぶほど。

「足場の面積をもう少し狭く、かつ杭ごとの間隔を開けば負荷の調整もできるな」

子どもの遊びすらもトレーニングに取り入れようとはするが、その程度だ。トレーニングなんて言われなければ、休日の公園と何も変わらない。

軽く走って別荘に戻り、本日の夕食のクリームシチューを頬張る。当たり前だが、野菜はたんまりと。そして今日はお肉の代わりにサーモンが入っている。王子は魚よりも肉派だと思っていたが、寿司を食べたことによって少し嗜好が変わりつつあるのかもしれない。パンは二つまでだったが、シチュー自体はおかわり自由だったので、小さなお皿に五杯おかわりした。「そんなに食って、後で動けるのか？」なんて王子は呆れ顔だったが、私の消化の速さを舐めすぎだ。グッと親指を立てると、言いたいことは伝わったらしく「そうか」とだけ返された。

ちなみにそういう王子も同じくらい食べている。美味しいものって食べられるだけ食べちゃうよね。仕方のないことだ。だが欲を言えば、もう少しとろみが欲しかった。私はカレーとシチューはさらっとしたスープ風のものよりも、どろっとしたものが好みなのだ。ラッセルにも伝えたつもりだったのに、忘れていたらしい。

帰ったらちゃんと好みを伝えなければ！

紅茶を啜りつつ、脳内メモに『重要』と赤字で記載する。

「四半刻後に出るぞ」

「は～い」

お腹が満たされたことで襲ってくる眠気を噛み殺しながら、私は返事をした。

きっちり三十分が経過すると、王子が立ち上がる。首からは笛が消えていた。

「笛は持っていかないんですか？」

「夜に吹いたら迷惑だろう」

「まぁ、そうですね」

城で、シュタイナー領でと、散々吹きまくったのに、別荘では近隣に遠慮するらしい。

馬車に乗っている時に見た風景には、一つを除いて建物はなかった。その唯一も屋根の下にベンチが置かれているだけで、アスレチックエリアに向かう道中もこれといって人が住んでいそうな場所はない。

一体何に気を配っているのだろうか？　動物とか？　襲ってくるタイプじゃないと良いな～。

まぁ王子が計画している時点であまり心配はしていない。私は指示に従って走るだけだ。

屈伸運動をし、足首をよく回す。そして緩やかなスタートを切った王子に続いて走り出した。昼間よりも随分と涼しくなっており、ひんやりとした風が肌に触れる。代謝が良すぎるくらいの私にはちょうどいい。気持ちのいい風に吹かれながら、湖を目指す。

「暗いからあんまり離れるなよ。あと、辛くなったら言うんだぞ？」

王子がそんなことを言うなんて、やっぱり湖の周りの道はぬかるんでいるのだろうか。

「了解で～す」

気の抜けた返事をしつつ、足下にも注意を払う。

けれど一向に走りにくさを感じることはない。湖に近づくに連れて、少しずつ明るくなっていく。街灯の明かりとは少し違う。ぼんやりとした光だ。それに色も緑や青と、街灯にしては少し変わった色だった。王子は何度もこの別荘に来ているのか、その光を気にすることなく足を進める。

「ユリアス、ちゃんとついてきているか？」

「大丈夫ですよ」

何度も同じようなやりとりをする。それでも心配なのか、王子はスピードを緩め私と併走した。

昼も夜も様子がおかしい。

本当にどうかしたのだろうか？

私では大した力にはなれないけれど、それでも聞くくらいならできる。

「王子っ」

悩みがあるなら聞きますよ、と続けようとした瞬間、目を輝かせた王子と目が合った。

「ユリアス、見てみろ」

彼が首をクイッと向けた先にあったのは、ぼんやりとした複数の光だ。蛍の光をもう少し大きくしたようなもの。それが湖の上に浮遊している。

「これは……」

「この辺りに住まう妖精だ。ここの妖精は人を警戒しないのか、適性がない人間でも光までなら見られるんだ」

「よう、せい」

「綺麗だろう？」

「はい」

『妖精』なんて聞くとメルヘンチックなイメージが浮かぶ。実際、目にしてみても、幻想的という言葉がよく似合う。夜空に広がる星空を映し出す水面と相まって、違う世界に迷い込んでしまったかのようだ。

まさかこんな光景を王子と見ることになるなんて……

近くの切り株に二人揃って腰を下ろし、妖精達がふわふわ舞い踊る姿を眺めた。

どのくらいの時間、眺めていたことだろう。

二人ともずっと口をつぐんだまま。静寂を破ったのは王子だった。

「行くか」

「はい」

妖精達にお礼の意味を込めて深く頭を下げる。楽しかったわ、と口だけ動かして、ゆっくりと走り出した。行きとは正反対に、走るほど、光からは遠ざかる。けれど胸の中は温まったままだ。

王子の声と背中を頼りにしながら別荘を目指す。

「そういえば王子」

「なんだ?」

「王子が気持ち悪いくらい優しかったのって、目的がトレーニングではなく、妖精達だったからなんですね。初めからそう言ってくれれば良かったのに〜」

「気持ち悪い、か」

前方から飛んでくる低い声に、余計なことを言ったのに気づく。けれど後悔したところで、口から出た言葉は戻らないのだ。

「俺が悪かった」

続いた言葉に背筋がゾワッとした。

だが、時すでに遅し。

王子のスパルタスイッチを踏んでしまった私は別荘に到着した後、通常時の筋トレメニューを課せられ、泥のように眠った。

翌日は起床し、身支度を整えた後に筋トレ。食後は休憩もろくにとらず、砂浜までダッシュ。到着後は、王子お手製の砂入り袋を背負わされ、砂浜ダッシュをさせられる。タオルと水分の補給だけは許されるが、休憩なし。止まった瞬間、鋭い笛の音が鳴らされる。

「足が止まっているぞ」

「ひえっ」

自業自得とはいえ、私が倒れるまでエンドレスで続けることはないだろう。砂浜に倒れ込んだせいで口に砂が入ってしまった。

タオルで拭き、水で口内をすすぐ。シートの上で休憩後、用意されていたお昼を食べた。軽いものばかりなのがありがたい。サンドイッチは少なめに。フルーツは全てかっさらう。

栄養補給が済んだら歩いて別荘に帰り、着替え終わった後すぐに馬車で帰宅した。

昨日の夜からは散々だったわ……

馬車のソファにもたれかかった私に「寝ても良いぞ」と優しい声が降り注ぐ。王子もさすがにやりすぎたと思っているのだろう。髪を撫でられ、ゆっくりと目を閉じる。

結局、なんで王子が優しかったのかは分からぬまま。だが王子が『妖精』の名前を口にしたのはあれで二度目だ。合宿に行く前も妖精がどうのこうのと言っていたし、照れ隠しだったのかな？

でも私、妖精に会ったのって昨日のあれが初めてなのよね……

王子は一体何を勘違いしているんだろう？

疑問は残りつつも、疲労感と睡魔には抗いきれず、私はそのまま意識を手放した。

◎　◎　◎

翌日、ベッドの上で筋肉痛に襲われながらも私は必死に考えた。二日とはいえ、朝から晩まで王子と一緒の生活で、私らしいアタックの仕方が浮かんだかと言えばＮＯだ。

その代わり、トレーニングの最中の掛け合いをヒントに『私達らしさ』というものは掴めた。普通という概念は捨て去り、スッと浮かんだ掛け合いで勝負をかけることにする。

切り出すのは習慣となりつつあるトレーニングを終え、休憩している時間。

この三、四年で私は床にへばりつくこともなくなった。もちろん王子のこなすトレーニングメニューとの差が埋まることはない。それでもこの瞬間、会話できるだけの体力が残っているということが重要なのだ。

緊張からか、はたまた運動したばかりだからか、高鳴る胸を押さえ、大きく深呼吸をする。

そして頭に浮かんだ、私達らしい言葉を口にする。

「王子。婚約破棄、します？」

『好きです』とか『王子の気持ちを聞かせてください』とか真っ直ぐに気持ちを伝えるなんて似合わない。

どうせ変なものでも食ったのか？　と、お医者様を呼ばれるのが関の山だ。

マイナスな言葉でも、軽く投げられるこの言葉が何より私達らしい。

「いきなりなんだ」

「王子だって私と結婚するの嫌でしょう？　年が近いだけの女なんていくらでもいますし、国中の女性を集めた夜会でも開いて、お相手探しでもすればいいじゃないですか」

「金と時間の無駄だ」

かの有名なシンデレラと王子の出会いを一蹴（いっしゅう）するとは……

確かに国中の女性を集めるとなれば、準備にかかるコストは膨大なものになるだろう。だが、あくまで例えばの話であって、条件に合わない相手は初めの段階で弾いてしまえばいい。

「これから一生時間を無駄にするより良くないですか？」

「お前にとって俺との結婚生活は時間の無駄だと？」

「正確には王子にとって私との結婚生活は時間の無駄、ですね」

「馬鹿らしい。第一、俺と婚約破棄したところでお前に相手なんていないだろう」

「うわっ、すごい上から目線……引くわぁ」

「好きな相手でもいるのか？」

「まぁ……」

「ふ～ん。なら連れてくるといい。俺と婚約破棄をしてまで結婚するに値する男か見定めてやる。第一関門は食費だな」

俺の屍（しかばね）を越えてゆけ！　的な展開ではない。

完全に他に迷惑をかけるわけにはいかないから、訳ありお荷物な幼馴染（なじ）みを引き取ってやるみたいなノリだ。もしくはごく潰しの妹を養う覚悟を決めている兄のもの。

まぁ、分かっていたけど。

やっぱりいきなり恋愛的観点からのアプローチで怒濤の展開に持ち込まなくて良かったわ。そりゃあいい感じになれば一応、告白する準備はしていたけれど。

やっぱり私には難しいらしい。

今日も茶化して終わりだ。

「いや、別に結婚したいのでは……というか女性はみんな結婚するものだっていう価値観捨てません？　古すぎますって」

「安心しろ。我が国は女性の自立を応援している。実際、女性官僚・上級冒険者の雇用を増やしつつ、女性の活躍の幅を広げていっている。もちろん一番大事なのは性別ではなく実力だが、それでも二十年前と比較すると活躍する女性の数は格段に増えている」

「目指せ男女雇用機会均等社会ですね！」

「いずれはな」

いつの間にそんなに進歩していたんだ！

前世でも結構最近の出来事だったのに、中世ヨーロッパ風な世界ですでに実現に向かっているとは喜ばしい話である。元々冒険者にも文官にも女性は一定数存在していた、というのも大きいのだろうが、前進には違いない。

「ということで手始めに公爵令嬢の自立を応援してみませんか？」

「やりたいことでもあるのか？」

「冒険者！」

「却下」

「なんでですか！」

「王子妃が怪我でもしたら危ないだろ」

「私、嫌というほど王子のトレーニングに付き合わされたおかげで成長しているんですが……」

「それでも駄目だ」

「ええ～。ってそもそも、その王子妃役を辞退したいんですけど」

「そう簡単に婚約が破棄されてたまるか」

「つまり政略結婚で得られる利益以上に利益をつければ問題ない!?」

「どうしてそうなる。いい加減諦めろ。そんなこと考える余裕があるなら、トレーニング追加するか」

「ええ!?　鬼！　悪魔！」

切り出す前から予想はついていたが、学園で運動学を学んだ王子は脳筋に拍車がかかり、なんでもトレーニングに繋げるのだ。この展開になってもおかしくはない。むしろ作戦というにはお粗末なシナリオが思い通りに進まなかった今、正直、ありがたかった。

　文句を言いつつも、素直に立ち上がり指示待ちの体勢に入る。

「なんだ今日は素直だな」

　そんな私に王子は訝しげな視線を向けた。

「だって抵抗したって無駄でしょう？　何年王子とトレーニングしてると思ってるんですか」

「その諦めを婚約破棄をするなんて世迷言に向けてくれると嬉しいんだがな」

　王子の言葉をはははと軽く笑い飛ばして、その視線から目を背けるように屈伸運動を開始する。

「それで、何するんですか？」

「……フルセット」

「は？」

「今日のメニューをフルセット行う」

「追加って次元じゃないですよ⁉」

　せいぜい外周二十周プラスとか、無酸素運動メニューをプラス三セットずつとかだと思っていた。

今までも何度かメニューを増やされたことはある。でも今回はそこまで怒ることではない。

ついに私に対する堪忍袋の緒が切れたの？

意外と私には時間が残されていなかったのかもしれない。

――前科と負債が多すぎた。

でもそう簡単に諦めることはしない。

だってロザリアさんと約束したもの。

いざとなったら私には闇鍋ならぬ闇たこパがあるのだ！

……ちょっと屈伸だけじゃ心配だからストレッチ全般追加しとこ。

直立状態から少し足を開いて、上体を前に後ろにぐい～っと伸ばす。

「あ～きもちい～」

おっさんみたいな声が漏れる。うん、こういうところも良くないんだろうな。

一応、自覚はしているが、なかなか直るようなものではない。気にせず腕を組んで上へ左右へと振っていると、王子がぽつりと零した言葉が耳に入った。

「冒険者になるならこれくらい普通だ」

「ハードル高っ！　あれ、でも認めてくれるんですか？」

聞こえると思っていなかったのか、王子は目を丸く見開く。ぱちぱちと数回瞬きをしてからすっと目を逸らした。

「どうせ途中でへばるだろ」

「……もしも私が最後までこなしたら？」

「一回こなすのだってギリギリになるように組んであるんだ。無理に決まっている」

王子自身も無理なメニューだと分かっていてふっかけていたのか。なんとも人が悪い。でも、それだけ怒っているということなのかもしれなかった。今回追加でこなすことができたメニューを中心に、これからのメニューに組み込まれていったら最悪……。

なんだかんだで王子と喧嘩という喧嘩をしたことがないから、どれくらい後を引くのか予想ができないところもまた怖い。

でもさ、無理って言われると途端にやる気が出るよね！

「もしもの話ですよ。もしも私が最後までこなしたら、その時は私のお願いをなんでも一つだけ聞いてくれますか？」

「内容にもよるがな」

「約束ですよ！」

「あ、ああ……」

乗り気な私と、そんな私を見て軽く引く王子。

ロザリアさんとの温室ダンスの成果を見せてやる！

限界チャレンジに成功したら、私が望む報酬は『王子の好きな相手を教えてくださ い』だ。

今後の運動量増加のリスクを負うのだ。これくらいは望まないともったいないじゃな い！ってあれ、意外とこれが一番私達らしいのでは？

思い描いたシナリオからは遠ざかってしまったものの、結果オーライじゃない!? となれば俄然、燃えてきた！

「頑張るぞ、っお～」

拳を高く突き上げて気合を入れる。

私の目の前にはすでに勝利のゴールテープが見えていた。


「――くっ、なんで動かないのよ！」

メニューの九割を終えた私は、息を切らしながらもなんとか屋敷の周り五十周を走り終えていた。

辛いけど、これならいける！

そう思って部屋に戻り、残すところはクールダウンを兼ねた簡単な運動をこなすだけとなる。

けれど私の足はこれ以上動くことを拒否した。階段の時点でガクガクしていた足が、床にへばりついて離れない。

まるで、さすがに二倍は無理ですわ～と弱音を吐いているかのよう。

まだまだ動く手でペシペシと叩（たた）いてから、私は床に両手をついて立ち上がろうとする。

けれど——無理だった。

私は負けたのだ。

他ならぬ己（おのれ）との戦いに。

マラソンで途中リタイアする人の気分ってこんな感じだったのかな?

積み重ねてきたものの総量と比較すればほんの些細（ささい）な距離なのに。目ではもう少しに見えるのに、距離にするとずっと遠くて。ゴールよりも先に限界のテープを切ってしまったことが悔しくてたまらない。

「無理をするな。正直、ここまでこなしただけで立派だ」

「でも全部こなせなかったら意味ないじゃないですか……」

「最大値を今の状態で据（す）えてメニューを作り替える。明日明後日（あすあさって）とは言わずとも、すぐこなせるようになるさ。もちろん冒険者になることを認めるかは別だがな」

王子は褒めつつもしっかりと釘を刺すことを忘れない。

だが私がバテてきたあたりから彼の機嫌はすっかり直っていた。今では勝ち誇ったような笑みさえ浮かべている。

「うう～っ」

「残念だったな！」

せっかくのチャンスだったのに！

ねぇ神様、楽するなってことなの!?　人の作った機会に乗るなってこと？

人生なんて一人では紡げないんだから妥協してよ！

あ、もしかして私の最大の敗因って、神様を大事にしてこなかったことかしら？

前世の家に神棚なんて大層なものはなかったけれど、代わりに定期的に神社には足を運んでいた。最低でも初詣＋一回。年に二回と考えると少ない気がするけど、この世界に転生してから一切お賽銭やお供物を用意していないことと比べれば、二回でも多いほうじゃない？

お賽銭は少ないとはいえ、代わりにおみくじやお守り、絵馬をもらっていた。直接的ではないにしても年間千円くらいは神社の収入になっていたはずだ。

それと全く同じ感覚で、今世でもお願いしつづけていた。そりゃあ頼るだけ頼ってなんて、神様も怒るに決まっている。

負けた悔しさはさっさとどこかへ行き、代わりに私の脳内は神棚作成計画に移る。

今からでも簡易神棚作ろうかな……

お酒は年齢的に無理だし、お榊と落雁は手に入らないから、紅茶とお花にプラスしてお供物はラッセルが作れるお菓子になるけど。何もしないよりはマシだろう。

でも神棚作るのには何が必要なんだ？

神様が休むための家みたいなのは必要だとして、その前方にねじった草みたいなのがあったような？　これ、何かで代用したほうがいいのかな？

「大丈夫か？」

「え、あ、はい」

すっかりトリップしてしまった私の顔を、王子が心配そうに覗き込む。

用意されていた水差しからコップに水を注ぎ、先ほどの休憩で使っていたタオルとセットで持ってきてくれた。

「ほら水とタオル」

「ありがとうごっ――」

お礼を告げて受け取ろうとした時だ。

こちらへ向かう王子が机にぶつかった拍子に、私のお守りが袋ごと床に落下する。

しかも衝撃でまっピンクなそれが、ひょっこりと顔を出していた。

地面に触れていないからセーフだけど、王子に見られたらヤバい！

そう思った途端、今までストライキを起こしていた足が光の速さで床を蹴った。高校球児さながらのスライディングダイブで見事キャッチ。からの、隠すように腹に抱え込む。そして何事もなかったかのように、王子からコップとタオルを受け取——れれば良かったのだが。

「ユリアス、それ……」

火事場の馬鹿力ならぬ火事場の俊足を発揮した私をばっちりと目にしていた王子は、目を見開いて固まっていた。

今まで辛い無理と、へばっていた奴がいきなりこんな瞬発力を見せたのだ。驚かないわけがない。正直、私もよくこんな力残ってたな！　って思っている。同時に、その余力を運動に向けてくれれば……と悔しくも思う。

けれど今は私の足が限界を詐欺っていたことよりも、この状況をどう切り抜けるかのほうが重要なのだ。

ろくに働かない頭をフル回転させて口から出た言葉は、なんとも残念なもの。

「非常食です！」

決め顔でそう告げる。

言ってて自分でもヤバいなって分かる。でも、同時に浮かんだ『乙女の秘密』よりはマシだ。それに深く追及されるくらいなら、どんだけ食に固執してるんだよ！　と呆れられたほうがいい。

呆れまじりのツッコミがくることを願いつつ王子を見つめる。けれどその願いが通じることはなかった。

「なぜお前がそんなものを持っているんだ……」

王子は秘薬の存在を知っているらしい。

高位の貴族や王族の間で人気みたいだし、たまたま私が知らなかっただけで有名アイテムなのだろう。色や形だって一瞬見ただけで判別できる特徴のある品だ。

「それは……」

「これがどういうものか知らなかったわけじゃないんだな。……これは俺が預かっておく」

袋片手に部屋を立ち去る王子の背中に、言い逃れなどできるはずもなかった。

婚約破棄しようなんて言い出す女が使う品ではないから、誰かに使おうとしたことは明白。さらに使用目的が『婚約破棄を遂行するため』であることも、少し考えれば分かることだ。

使うのを諦めた時点でどこかに隠しておけば良かったのだが、持っているだけで安心するお守りみたいなものだったのだ。

「まさかここにきての断罪ルート……」

何か罪を犯したわけではないが、証拠が没収されている。

半ば強制的なルート変更ではあるが、本来、卒業後の未来に悪役令嬢の姿はない。

わさびの一件もあるし、ゲームの強制力が働いた結果だとしてもおかしくはない。

いっそ没収したインキュバスの秘薬を王子が意中の相手に使用して、私のほうはお咎めなしとかだったら嬉しい。いや、そんな虫のいい話はないいな。

王子に私をそのまま残すメリットはないのだ。

使用したければ私を排除した後に使えばいいだけ。

後日、お城に呼び出されて取り調べられたりするのかな？

がっくりと肩を落とした私はステータス欄から、チャット画面を開く。

『【速報】インキュバスの秘薬、没収される』

それだけ打って……送信せずに取り消した。

「こんなこと書いたらロザリアさんが責任感じちゃうわ……」

危ない危ないと首を振って、汗まみれの身体でベッドへダイブした。

恋愛模様に染まりつつあった頭の中が、今では黒一色。

私のお先は真っ暗だった。

第四章

子どもの頃、俺――マルコスの婚約者はワガママなことで有名だった。

年が近く、身分の釣り合いが取れるというだけの理由で選ばれた婚約者。

他にも条件に該当する令嬢は数人いた。けれど、選ばれたのは親に甘やかされてワガママに育ったシュタイナー家の令嬢。

元より良い印象を持っていなかったのに、俺と婚約を結んでからは『王子の婚約者』であることを盾に、彼女はやりたい放題だ。そのほとんどが特定のご令嬢にお茶をかけたり、のけ者にしたりという嫌がらせの範疇に入るものではある。

だが、それはまだ俺達が幼いから。社交の場が専ら年が近く、身分も高い貴族の令嬢や子息とのお茶会に限られているからと言える。この中に下級貴族が交ざれば、今、使用人に向けられている無理難題は彼らに向けられ、嫌がらせの内容も一気に加速することだろう。

こんな相手と結婚することになるとは、自分はなんて貧乏くじを引いてしまったのだ。

幼少期の俺にとって『ユリアス・シュタイナー』という少女は、そんな貧乏神みたいな存在で、顔を合わせるのすらも億劫だと感じていた。

できる限り顔を合わせなくても済むようにと、頻繁に手紙やプレゼントを贈って機嫌を取る日々。

同じくらいの物を返せとは言わないが、手紙すらもろくに返してこないユリアスには何度苛立ちを覚えたことだろうか。これではどちらが王族か分かったものではない。

そんな、将来に不安を覚えていたある日——ユリアスが部屋に引きこもるようになった。

最後に会ったのは三日前。とある貴族のご令嬢のお茶会でだ。思えば、途中からやけに静かだったように思う。誰とも話さず、ひたすら紅茶を飲んでいた。正直、いつもこうだったらいいのに……とすら思ったほどだ。

あの時に何かあったのか?

事あるごとにすぐに騒ぎ出すユリアスが珍しいこともあるものだ。なんならこのまま引きこもっていてくれればいいと願いつつも、今回もどうせいつもの気まぐれだと考えていた。数日も経てば出てくるに決まっている。その時は何で機嫌を取ろうか。俺が真っ先に考えるべきはそこだ。

ドレスは数ヶ月後に行われるお茶会用に仕立てなければならないし、アクセサリーはもう三回連続で使ってしまっている。簡単に機嫌が直るから重宝していたのだが、最近ではまたこれか……と視線で訴えてくる。一番簡単なのはお菓子なのに、ユリアスは食に興味がないらしく反応はイマイチだ。

どうするべきか——なんて考えていたが、あのワガママ令嬢はいつになっても出てこなかった。

それに少し様子がおかしいとも聞く。

一応、見捨てたと思われない程度に手紙と贈り物を送ってみる。すると、なんと全てに返事をくれるのだ。

手紙は、いつものようなミミズが這（は）ってまわったような字ではなく、全体的に丸みを帯（お）びた文字。まるで別人だ。

使用人が代筆しているのだろうか？

だがそんな手段を取るくらいだったら、今までもそうすれば良かったはずだ。

『おきづかいかんしゃいたします』

たったそれだけの定型文が頭から離れず、俺はユリアスが引きこもってから初めてシュタイナー家を訪問した。

手土産に王都でも有名な焼き菓子、マカロンを携えて。

けれどお菓子を持っていったところで、引きこもりのユリアスが部屋から出てくるはずもない。

当たり前だ。彼女にお菓子を渡して反応が返ってくるなんて初めから思ってはいない。

ただ、良い案が浮かばなかったのだ。

「君の顔が見れずに寂しいよ」

ドアの前でそんな嘘くさい台詞を吐いて、シュタイナー屋敷を去る。

――いや、去ろうと馬車に乗り込む瞬間に、俺は見てしまったのだ。

「ピッスタッチオ～ピッスタッチオ～ナッツの女王ピスタチオ、っへい！」

小さな声ではあるものの耳に残る変な曲だ。俺は声の主を探るべく視線を上げた。屋敷の一番端の部屋は少しばかりカーテンが開いている。窓はぴたりと閉まっており、変な歌は御者には聞こえていないようだ。彼は窓を睨む俺を不思議そうに眺めていた。

「王子？」

御者の視線に気づいていながらも、目が離せない。じっと見つめていると、微かな隙間から声の主が姿を見せた。おそらくカーテンが開いているとは気づきもしていない。

そこには頭の上で両手をひらひらと動かし、小躍りするユリアスの姿があったのだ。

そう、一番端の部屋はつい先ほど俺がドアを叩いた部屋だった。そして、贈ったマカロンの中にピスタチオのものもある。

あのユリアスが小躍り!?

今までのワガママ令嬢のイメージからかけ離れた光景に、もしや自分は幻影でも見たのではないだろうか？　と頭を悩ませる。

けれどいくら考えたところで、一瞬にして脳裏に刻まれた奇怪な姿はユリアスのものだ。手の動きに合わせてゆらゆらと揺れる金色の髪は、彼女の自慢である。何よりシュタイナー家にはユリアスと年の近い子どもはいない。シュタイナー家の当主が子どもを隠していなければの話だが、あれだけユリアスを溺愛しているのだ、いないだろう。

つまりあの少女はユリアスということになる。

律儀に返される手紙。

すっかり変わった筆跡。

奇怪な歌と踊り。

引きこもる前の『ユリアス』という少女のイメージがガラガラと音を立てて崩れ去る。

特に最後の一つなんて、まるで人が変わったかのよう――

いや、今までも人目に触れない場所で、歌って踊っていただけかもしれない。

何か、些細(ささい)なことがキッカケで引きこもるようになっただけ。手紙を返すようになったのは、シュタイナー家が王子である俺の機嫌を取れと言っているせい。

何一つとして変化なんてしていないのかもしれない。

それでも俺の脳裏には、楽しそうに踊る彼女の姿が焼き付いて離れなかった。

その一週間後。

俺はあの光景が幻(まぼろし)ではなかったとの確証を得るために、再びシュタイナー家を訪れることにした。

手土産(てみやげ)はカップケーキ。

お菓子は反応がイマイチ。それは数年間で俺が築いてきたデータである。

だが、前回の彼女がお菓子に歓喜していたのだとすれば、考えを改めざるを得ない。

この日のためにわざわざ城のメイドにオススメのお菓子を聞いて回っていた。なにせ今回の目的は、『贈り物をした』というポーズのためではない。ユリアスが小躍りして喜ぶ品でなければならなかった。できれば前回のよく分からない歌付きだとなお嬉しい。

もしもあれが現実だったとしたら、あのユリアスの弱みが握れるのだ。ご機嫌伺いの日々から逃(のが)れられる。

そんな期待を抱きつつ、ドアの前で「早く顔を見せてくれ」だの「心配なんだ……」

だの適当な言葉を吐いてさっさと屋敷の外へ出る。そして馬車の前からユリアスの部屋を見上げた。今回は前回よりもカーテンの隙間が広い。

この状態で彼女が踊りを開始すれば確実に見えるはずだ！

さぁ早く食べるんだ！　そして踊れ！　と念じる。

けれど一向に彼女の歌は聞こえてこなかった。姿すらも見えないまま。

「名残惜しいのは分かりますが、王子、そろそろ帰りましょう」

「……ああ」

成果は御者の誤解だけ。

二回連続で馬車に乗り込まずに婚約者の部屋を見上げていれば、勘違いされても何も言えない。

まさか俺が婚約者の弱みを握るために、彼女が変な踊りを踊り出すのを待っていると は思うまい。

やはりあの光景は幻だったのだろうか。諦めて馬車に乗り込もうとした時だ。

「ぐーぐーぐーハンバーッグ！　ぐーぐーぐーハンバーッグ！　ぺこぺこお腹にぐーちょきぱー」

謎の歌があの部屋から聞こえてきた。

姿こそ見えないが、間違いなくユリアスの声だ。だが、その歌の中に『カップケーキ』を指す言葉はない。前回はあれだけピスタチオを歌詞に交ぜ込んでいたというのに、だ。

今回のテーマは『ハンバーグ』。つまりカップケーキはハンバーグに破れたということだ。

姿を見ずとも、俺の脳裏に刻まれた彼女の歓喜の舞が脳内で再生される。

「ぱーはぐーに勝つけれど～ハンバーグには勝てないの～」

気に入らなければ無視というわけか！

その楽しそうな声は俺の闘志に火をつけた。

今のユリアスなら、いや、今の文通相手ならば、数日後にはお礼の手紙を寄越すだろう。

数日前にマカロンのお礼を送ってきたのと同じように。

ハンバーグを前に、カップケーキには目もくれなかったのに、きっと『美味しかった』『嬉しかった』となんとも貴族らしい言葉を並べるに違いない。

それが正しい反応なのだから。

そもそも今まで一切返信してこなかったことがおかしい。

だが、今の俺はその手紙を受け取りたくないと思っていた。

なにせ自分が選んだそれがハンバーグに負けたことを知っている。

「待たせたな。帰ろう」

「はい」

城に帰る馬車の中、俺は一人、拳（こぶし）と決心を固めた。

「今度こそ踊らせてやる！」

奇怪な踊りに、いや、ユリアス・シュタイナーに、惹（ひ）かれ始めていることなんて全く気づかずに。

◎　◎　◎

決意を固めた日から俺のチャレンジはスタートした。

予想通り送られてきたユリアスからのお礼の手紙は戒（いまし）めのため、枕もとに額（がく）に入れて飾る。

その行動に初めこそメイド達も戸惑（とまど）っていたが、頻繁に手紙のやりとりをし、シュタイナー家に足を運ぶようになったことで、順調に仲を深めているのだと勘違いしてくれたようだ。

本当はただの好奇心なのだが、嫌でもこの婚約関係は続く。

周りがどんな勘違いをしていても構わなかった。むしろ勘違いのおかげでメイド達への聞き込みは楽で、何度シュタイナー家へ足を運ぼうとも止める者がいないのは好都合でもある。

手紙で好みを探り、メイドに教えてもらったお菓子を贈る日々。

ユリアスが踊り出すお菓子を見つけ出すため、自然と俺もお菓子を食べ比べるようになった。

城のお菓子に、城下町で有名な店のもの。お茶会で出される品も味わってみると、どれも傾向が少しずつ違う。感想をメモに残しつつ、渡した後のユリアスの反応もしっかりと記録に取った。

今まで食に興味がなかったはずのユリアスだが、引きこもり生活の間に相当なグルメへ進化を遂(と)げたらしい。いや、元々舌は良かったのだろう。良家の令嬢だけあって美味(うま)いものを食べなれているはずだ。ただ関心がなかっただけ。眠っていた感覚が今まさに十分に発揮されているというわけだ。

俺の贈ったものに踊り出す確率は、わずか一割にも満たない。歌だけならば少し確率は上がるが、彼女が満足していないことは明らかだ。

それでも俺は諦(あきら)めなかった。

婚約者の家に熱心に足を運んでいるらしい。王子はユリアス様を溺愛しているらしい。いつからか社交界に、そんな噂が流れ出す。溺愛はしていないが執着しているのは確かだ。

「くそっ」

自室で製造されていく『ユリアス研究書』の数々に、俺は思い切り拳を叩きつける。今まで一番悔しかったのは何の反応も得られない時だった。今日、その記録が更新されたのだ。

「おちゃ〜ちゃ、おちゃ〜ちゃ、おちゃ〜ちゃらちゃちゃっ」

お茶に負けた。今まで食べ物にしか負けたことなかったというのに。

特に今回は、自信のある品だった。今までの傾向からユリアスがピスタチオのお菓子が好きなのを割り出し、かつムースが美味しいと話題の店のものを選んだ。俺も食べて、美味いと感じたからこそ贈ったというのに……

普段なら一人で反省会を開催するところだが、今回は俺も頭に血が上っている。これでは客観的にデータを取ることができない。ということで、外部の人間の視点を採用することにした。

今回の選択にも、そしてそれよりも以前から、お菓子選びには一度も関わっていない相手、それがルーク・リスタール――俺の幼馴染み兼悪友である。

「ルーク！　この品の一体何が悪かったというんだ！」

ピスタチオムースの載った皿を前にして、思わず声を荒らげる。

「いや、俺に聞かれても……。俺、ユリアス嬢じゃねえし」

「そんなの分かっている！」

リスタール家はシュタイナー家と並ぶ名家で王族が降嫁したこともある。王家とも繋がりが濃く、ルークの七つ年の離れた姉ともう少し年が近ければ、確実に彼女こそが俺の婚約者になっていたことだろう。そんな生まれた頃からの付き合いで、仲も良く定期的に顔を合わせている。

今まで意見を仰がなかったのは、単純にルークが甘いものを好んで食べないため。だが今まで俺は、お菓子好きの意見ばかりを聞き入れてきた。自分自身も今ではそこそこお菓子にはうるさくなってきたと自負している。その傲りこそが敗因である可能性もなきにしもあらず。なので、今回は新たな品評役としてルークを招いたというわけだ。

ルークは口は悪いが面倒見がいい男で、文句を言いつつもスプーンで掬ったムースを口に運ぶ。

「あ、これ美味いな」

「使用人達にも食べさせたところ、このムースが人気ナンバー一だった。ピスタチオとフランボワーズの絶妙なハーモニーが舌の上でふんわりと広がるのが特徴的で、特に女性陣からの評価が高い」

「うちの姉貴が好きそうな味だ」

「なら後で包ませよう」

「悪いな」

「それで、ルーク。これのどこが悪いと思う？」

パクパクと食べ進めていくルークに、俺はずいっと身体を前のめりにして意見を乞う。

すると彼はスプーンを口に入れたまま、首をひねった。

「悪くはないと思うが、フランボワーズかピスタチオ、もしくはムースが苦手だったとか？　ユリアス嬢は苦手なものが多かっただろう」

「そういえばそうだったな……」

思い返すと、ユリアスは好き嫌いが多かった。お茶会でも嫌いなものがあれば遠慮なく残していた。過去に一度だけ、豆を特産とする辺境の領地でのお茶会に招待された時には、馬車の中で終始『豆臭い』『なぜ私がわざわざこんな田舎に足を運ばねば……』と散々文句を垂れ流していたほどだ。辺境伯の前で暴言を吐き出すのではないかとヒヤ

ヒヤしたのは、まだ記憶に新しい。

新しいのだが……なぜかすっかり忘れていた。以前のことをよくよく思い出してみると、今では好物になっていると思わしきピスタチオはユリアスが苦手なものではなかっただろうか？　かつては癇癪を起こしはしないまでも、スッと避けていた記憶がある。

「あれほど怒らせまいと気を遣っていたマルコスが忘れてた……ねぇ」

「……あ、紅茶も用意したから感想をくれ」

意味ありげな微笑みを浮かべるルークから視線を逸らし、用意しておいた紅茶を差し出す。シュタイナー家で愛飲している紅茶だ。俺もシュタイナー家を訪問した際に何度か飲んだことがある。

濃いめに淹れられた紅茶は、ユリアスの意識を少しの間逸らしてくれるありがたいアイテムだったが、今の俺にとっては因縁の競争相手である。

飲み物と食べ物でジャンルこそ違うものの、紅茶を攻略することで見えてくる作戦もあるだろう。

ルークを招待する前にも何度か使用人に淹れてもらい、シュタイナー家で出されるものに最大限近づけてみた。

早く飲んで感想をくれ！　と視線で訴えると、ルークは呆れたような視線を投げつつもゆっくりとカップを傾けていく。

「なるほど。若干の渋みがあって、これはこれで……食後に飲むのにちょうど良さそうだな」

「つまりお菓子を食べる際には向かないと？」

「少なくともこのムースとはな。もっとさらっと飲めるのはないのか？」

「そうか……」

今回の敗因は紅茶と合わなかったことか。今までも同様の理由で勝ち取れなかったものもあるかもしれない。今後はこの紅茶を飲むことを前提としてお菓子選びをするべきだろう。プレゼントに茶葉を組み込むのもありかもしれない。

今から紅茶を研究し始めるのは大変だが、これまでにもいくつものお茶を飲み比べている。お茶会で出されたものも参考になるに違いない。

そうと決まれば、早速明日にでも城内にある紅茶の飲み比べでも始めよう。

ユリアスを攻略するための計画をサクサクと立てながら、俺はお茶を啜る。

「そもそもマルコスはなんでそんな本気になってんだよ？」

「は？」

「今までユリアス嬢のこと嫌ってたじゃん。引きこもったって聞いたら、ラッキーってはしゃぎそうなのに。溺愛でもしてんの？」

「溺愛、ではないな」

この感情を『溺愛』というカテゴリーに当てはめるのは、ジャンル違いな気がしてならない。どちらかといえば『執着』に近い。

一人で勝手に戦いを挑んでは、勝敗に一喜一憂しているのだから。

「じゃあ、陛下に社交界に引っ張り出せって言われてんのか？」

「あっ」

「どうかしたか？」

「……そろそろ引っ張り出さないとまずいよな」

そろそろユリアスが引きこもり始めて半年が経過しようとしている。俺が通い始めてから、もう五ヶ月だ。挑戦の日々に時間の経過をすっかりと忘れていた。こんなことを続けていれば、周りから何をしているのだと遠回しにせっつかれる。今はまだ『溺愛』なんて言葉で済んではいるものの、何かあるのではないかとありもしない腹を探る輩が出てくるかもしれない。

「忘れてたのか⁉　じゃあ今まで一体何目的でユリアス嬢のとこに通ってたんだよ？」

「踊り」

呆れ顔のルークに短く返すと、今度は彼の眉間に皺が刻まれていく。

「初めは弱みを握るために小躍りを見たかったんだが、今はどうなんだろうな。よく分からん」

「え、ちょっ、は？　小躍りって意味分かんねえんだけど……」

「だがそろそろお菓子で釣ることも考えなければならない、か」

「……よく分からんが、まぁそうだな」

「というわけでルーク。今後もユリアスを釣り上げるのに向いてそうなお菓子選びに付き合え」

踊りを見るのも、部屋から出すのも。

結局きっかけとなるのは甘い言葉や熱心な訪問ではなく、美味いお菓子だ。

「俺、甘いもんそんなに好きじゃないんだけど……」

「俺も好きじゃなかったが、結構良いぞ」

「好きじゃないもんこんなに食うとかあながち噂も馬鹿にできないな……」

「何か言ったか？」

「いや」

ルークが何を思ったかは知らないが、翌日からも文句を言いつつも熱心に付き合ってくれた。やはり良い奴なのだ。

ルークを仲間に加え、ユリアスをお菓子で釣り上げるのに挑戦すること数回――見事、丸々と太った婚約者が釣れた。

初めこそ『王子の前に出られるような服がございませんので』なんて、それらしい理由を並べていたが、城から針子（はりこ）を連れていってユリアス専用の服――といっても頭と手、足の部分だけを開けて腹部分をリボンで結ぶだけの簡易服を作ってやると、数日後には文句を言いつつ、ひょっこりと顔を出すようになった。

「お茶会に参加すればマカロンセットをくれるんですね？」

「ああ。それもパティシエールに作らせた特別なものを、な」

「分かりました！」

若干のズルもあったが、ここに至るまでの研究の成果が実ったとも言える。

るんるんと大きな身体を揺らす娘に、彼女の両親はひどく驚いているように見えた。だが俺はこの体型に至るまでに何度となく窓の外から彼女の姿を見ていたのだ。以前の姿よりもこちらの姿に親しみすら感じている。

だがそれはあくまで窓の外から見えたユリアスと、手紙を書いた誰かに向けて抱く感情だ。部屋から出てきたユリアスは、以前の彼女と何も変わっていないかもしれない。

そうなればこの数ヶ月で抱き続けたライバルに向けるような感情も消え去るのだろう。

ほんの少しの寂しさを抱きつつ、やってきたお茶会の日――すっかり変わったユリアス・シュタイナーという令嬢を目撃することとなる。

「何してるのよ！　やけどしたら危ないし、お茶がもったいないでしょう！」

ユリアスの引きこもりをきっかけに台頭し、お茶会で他のご令嬢に数々の嫌がらせを繰り返していた令嬢を、彼女は一喝した。それどころか以前までの自分がやっていたことは完全に棚に上げ、被害者に大丈夫？　と手を差し出したのだ。

唖然とする嫌がらせをした令嬢と、お茶をかけられそうになった令嬢。二人を横目に何事もなかったかのように、ユリアスはおかわりを要求する。

「このお茶、美味しいわぁ～」

両手でカップを包み込み、ほっこりと顔を緩める彼女の姿に誰もが自分の目を、耳を疑った。それから緊迫した空気の中、ユリアスの行動の意図を探る。

久々にお茶会に足を運んだワガママ令嬢の機嫌をこれ以上損ねまいと。

けれど当の本人は気にせずお茶を楽しみ、美味しそうなお茶菓子に手を伸ばしては、パクパクと頬張っていった。

そして緊迫したお茶会が終わり、同じ馬車へ乗り込んだユリアスが真っ先に発した言葉といえば――

「ちゃんとお茶会に出たので、王子もマカロンの約束守ってくださいよ！」

気が抜けてしまう言葉だが、ユリアスの顔は真面目そのもの。俺は思わず噴き出していた。

「なんで笑うんですか！　約束しましたよね!?」

「ああ、守る。守るから」

「本当ですか？」

「ああ。ユリアスが好きなピスタチオも入っている」

「ピスタチオ！　ってなんで王子、私がピスタチオ好きなこと知っているんですか？　手紙に書きましたっけ？」

「……ハンバーグが好きなことも知っているぞ」

「ハンバーグというか肉全般が好きです！」

「そうか」

「はい！」

目を輝かせて肉の魅力を語り出すユリアス。どうやらすっかりと性格が変わっているようだ。以前の彼女に戻っていなくて良かったと胸をなで下ろす。貴族としての腹黒さは抜けたように見えるが、権力を振りかざすワガママ娘よりもよほどいい。

——こうして俺はお菓子をエサに、ユリアスを度々お茶会へ連れていくようになった。

そんなことが何回か続き、ユリアスは部屋に引きこもるのをやめる。もっとも、相変わらず何かで釣らなければお茶会に参加することはない。それどころか屋敷の外にも出ようとはしなかった。その代わり、ユリアスは屋敷内で活発に動くようになったのだ。

主に変わった点は二つ。

その一つが今まで毛嫌いしていた弟・タイロンを可愛がるようになったこと。

今日も俺の手土産のケーキを食べていると、まだ幼いタイロンがとととと走ってやってくる。今までのユリアスだったらこの時点ですでに眉間に深い皺を寄せ、犬猫を追い払うようにしっしっと手を払うところだ。

「おねえさま。ぼくもケーキ食べたい」

「いいわよ、よいっしょっと」

だが今のユリアスは足元にやってきたタイロンを持ち上げ、自分の膝に乗せた。その上、自分の好物であるケーキまでも分け与える。

「美味しいでしょう?」

「うん！　おいしい」

「この美味しさが分かるなんて、さすがは私の弟ね～。将来は国一番のグルメ公爵なんて呼ばれちゃうかも！」

「ぼく、ぐるめ？」

「そう、グルメ！　食事は一生に何万回とするものだから、美味しいものが分からないのは人生で一番の損よ！　当主様になるなら、お得な情報は見逃しちゃ駄目なの！」

「分かった！」

独自の教育を施すのはどうかと思う。だが、良い子ね～と頭を撫でながら弟を褒めるユリアスの目には、以前のような嫌悪感などなかった。頬を緩ませて笑うタイロンは、嬉しそうに身体を揺らす。

ワガママ放題だった彼女が変化したからか、訪問する度に少しずつシュタイナー家の空気が軽くなっている気がした。

だが、それよりも大事な変化がある。

それは――

「あ、王子。お茶のおかわりどうします？」

「この前、王子からいただいたピスタチオのお菓子なんですけど」

「王子って……」

「王子」

「聞いてます？　王子」

毎回王子王子王子、と。

部屋を出てから『マルコス』の名前を口にしなくなったのだ。

初めは気のせいかと思ったが、どんなに熱心に記憶を漁ったところで、ユリアスの口から俺の名前を聞いたのは引きこもる前のこと。手紙でさえも宛名部分にしか名前が書かれていない徹底っぷりだ。

いや、俺が気に入らないのはそこではない。

「王子、聞いてくださいよ。この前、ラッセルにチョコと生クリームのミルクレープが食べたいって言ったらすぐに作ってくれて～」

食にこだわりを持ち始めたためか、彼女は妙に調理長のラッセルに執着するようになった。会話に頻出する『ラッセル』という名前。俺が頻繁に訪問してくるものだから話の種がないのは理解できる。けれど油断するとすぐに料理の話になり、そこからラッセル自慢が始まるのだ。

その度に胸の中で、名前の分からないもやっとした思いが膨らんでいく。こうして美味しいお菓子自慢をされても構わず手土産としてお菓子を持参するのは、ラッセルの作ったものを見たくないからだった。

彼の作った料理を前に、ユリアスがあの奇怪な歌と踊りを始めたのなら、とり乱してしまいそうだ。楽しそうな彼女を怒鳴りつけてしまうかもしれない。それでは以前のユリアスの態度と変わらないではないか。

「はぁ……」

「まだユリアス嬢のところのラッセルって調理人のこと気にしてるのか？」

「作る料理が美味(うま)いらしい」

「調理人だからな」

「俺の持っていくお菓子も一流のパティシエールの作ったものだ」

「王都に店を構えてるくらいだからな」

「なのに俺の持っていったものよりもラッセルの料理の話ばかり……何が違うっていうんだ」

「回数？」

「……一週間ほど城に滞在させるか」

引きこもり期間が約半年。それからまた数ヶ月が経過していることを考えると一週間では足りないかもしれない。それでも一週間もあれば、ラッセル以外の者が作った料理に目を向けさせることは可能だ。

確か客間がいくつか空いていたはず。そこに滞在させて、一週間だけ俺も客間に移動する。お品書きと説明は調理人達に書かせて、暗記したものを食事中に披露すれば、ラッセルから気を逸らすことが可能だろう。そして後々は上書きも……

案外悪くない作戦かもしれない。

今後の計画を立てながら、クッキーに手を伸ばす。すると前方から大きなため息が漏れた。

「はぁ……そのラッセルって調理人はもう四十超えてんだろ？　しかも平民。何を嫉妬する必要があるんだ」

「嫉妬？」

「お前はユリアス嬢に自分よりも親しい相手がいて嫉妬してんだろ？」

「そうか……俺は嫉妬しているのか」

「……その様子だと自分がユリアス嬢のことを好いていることにも気づいていない？」

「それは……」

「あ、もちろん恋愛的な意味で、だからな！」

「恋愛、か……」

以前と比べれば好意的に思っているのは確かだ。だが恋愛的な意味かと聞かれれば返事に困ってしまう。

　わざわざ何も用がない日に手土産を持って訪問するくらいには好いている。今だって彼女に贈るために味見しているのだ。少し塩っ気が効いているクッキーを咀嚼しつつ、シュタイナー家の紅茶とは合わないが、以前飲み比べたもののなかにピタリと合うものがあったはずだなんて考えている。頭の中のスケジュール帳には、数日後の訪問の際にその茶葉とセットでクッキーを持っていくとバッチリ記入済みだ。

　けれどこれが恋なのかは不明なまま。

「引きこもったユリアス嬢にせっせとお菓子を運んでいた時から何となくそうだとは思ってた。んで、今のお前で確証を得た。マルコス、お前はユリアス嬢に惚れてるんだよ。話を聞いている限り、どこに惚れる要因があったのかは分からねぇけどさ」

「俺も……よく、分からん」

「まぁ恋なんてそんなもんだ」

「そうか？」

「そうだ」

ルークにこうもはっきりと言われては、そうか……と納得せざるを得ない。

俺はユリアスに惚れている――と。

この感情に『恋』と名前を付けた途端に、胸にあったもやもやとした感情がスッと小さな箱の中に収束していった。

自分でもよりによってこんな女にどうして惚れたんだ……と思うが、あの笑顔が可愛くて仕方ない。

無自覚に二周り以上年上のラッセルに嫉妬してしまうほどには。

恋とはこんなに厄介なものだったのか。

恋心を自覚した俺は、以前にも増してユリアスにお菓子をプレゼントするようになった。醜い嫉妬からくるものだとは承知の上で、ラッセルに張り合い続けたのだ。

その一方で、密かにご令嬢達の間で『憧れ』とされているお姫様抱っこをするために、見習い兵士達に交ざって鍛練を開始した。ユリアスは相変わらずその手の話題には興味がないようだったが、いつ目覚めるか分からない。

なにせ彼女が食に目覚めたのも突然だったのだ。いつ彼女が『お姫様抱っこ』を所望してもいいように、せっせと鍛え続ける。

こうしてお菓子を頬張る彼女の喜ぶ顔見たさに食べさせ続けること三年――俺は

着々と筋肉をつけていた。

だが俺とは対照的にユリアスは着々と太り続け、ドレスをサイズアップさせていく。太ったせいでドレスの製作が間に合わないこともしばしば。ただでさえ足が遠のいていたお茶会・夜会を連続して欠席する。どんな上位貴族相手だろうとお構いなしだ。

普通なら直前で欠席するなんて、舐められたものだと開催者が怒る。体調不良の欠席と偽ったところで限度があるのだ。けれどユリアスの場合は違った。正直に『ドレスが着られなくなった』と告げているにもかかわらず、開催者の怒りを買わずに済んでいるのだ。

なぜならばユリアスが社交界に足を運ぶことがごくごく稀で、招待状を送る時点で来ないことを想定しているからだ。

それでも送られる招待状の数が減らないのは誰もが『グルメマスター』に気に入られたいから。

婚約者を連れず、一人で社交界に参加する俺に媚びを売ってくる者も多い。もちろん『王子』としての俺にではなく『グルメマスターの婚約者』として。

グルメマスター——誰が言い出したのかは不明だが、ユリアスに付けられたあだ名である。彼女が引きこもりをやめてしばらくした頃から社交界で流れるようになったものだ。

きっかけはユリアスがお茶会でとあるお菓子を大絶賛したことだった。シュタイナー家のご令嬢が褒（ほ）めたということもあって、それが一時流行したらしい。そして、そのブームが過ぎ去ろうかという時に、シュタイナー家が大規模な夜会を開いた。そこで並べられていたのは未知の食事ばかり。戸惑（とまど）う貴族達に公爵は『ここにある品は全て娘のユリアスが考案したものです』と告げた。おずおずと口にした彼らはその味に囚われ、そして開発者であるユリアスをたたえる。今ではほとんどの貴族が月に一度、シュタイナー家で行われる食事会の招待を待ち望んでいた。

社交界に参加しないユリアスは新作レシピを考案しているのだろう、と勘違いしている者も多い。

ふくふくと太ったボディは彼女の偉業の証明であり、栄養が詰まった身体は憧れの的になりつつある。

むっちりとした頰を眺めながら飲む紅茶ほど美味（うま）いものはない。

俺もいろんなところでそう熱弁しては、理解を得る日々。

そんな満ち足りた日々を壊したのは悪友の一言だ。

「ユリアス嬢、ここ最近以前にも増して短期間で太ったみたいだが、あそこまで太ると健康面って大丈夫なのか？」

「は？」

「一応栄養面では気を使ってるんだろうけど、元々細かっただろう？　膝や心臓に負担がかからないのかと思って」

盲点だった。

この数年、俺はお菓子を与え続けた。

そうすればユリアスが簡単に釣れるから――と安易な方法に走り続けたのだ。

そして悪友のルークに指摘されるまで、ユリアスの健康問題に一切気づかないとは……

冷静になってみると、学園入学まであと一年を切っている。学生になれば登校は必須。

これまでのようにずっと屋敷で暮らすことは不可能だ。

それに王子妃になる以上は学園を無事に卒業してもらわねば困る！

「ユリアスを痩せさせる！」

「目標は？」

「とりあえず最近作ったドレスを着られるようになるまで、だな」

「ハードルひっく……というかまた欠席したのか」

「ああ」

「グルメマスター信者の招待ならまだしも、それ以外はまずくないか？」

「この国のほとんどの貴族は信者化しているが？」

「マジかよ……。まぁうちもだけど」

こうして俺は『ユリアスダイエット企画』を立ち上げた。

メニューは見習い騎士に初めに与えられるものの半分以下。それでもユリアスには多すぎるだろうが、ここは心を鬼にして書き込んでいく。

何事にもデータは必要なのだ。これをベースとして調整していけばいい。

だがまずは食事制限からだった。

ユリアスを城に呼び、「食事制限をするように」と告げる。

心を鬼にして、何があっても成し遂げてみせると誓っての行動だ。けれどユリアスの口から出てきた言葉に早くも心が折れかける。

「婚約破棄でもします？」

俺の中でガラガラといろんなものが崩れていく。もっとも崩れたところで、その感情はやはり俺の中にとどまり続ける。

今さらユリアスを嫌いになれるはずがなかった。

「するか！　第一、したところで俺以外に誰がお前を娶るというのだ」

必死で立てなおして、呆れ顔で強がってみせる。

けれど頭に浮かぶのは、グルメマスターの信者と化した貴族達。この国どころか大陸でも食の最前線に立ち、名家の令嬢でもあるユリアスが引く手あまたであることは確実だった。

だが俺は王子。

脅威となる相手は未だ存在しないことが救いだ。

食事制限を拒否するために身体を張るユリアスを、心を鬼にして引きずる。可哀想だと思って手を緩めれば、彼女はきっと俺の手から離れていってしまうことだろう。憎まれ口を叩きながらもなんとか自分の精神状態を保って、シュタイナー家の屋敷に向かった。そして俺の溺愛？　を知っているユリアスの父に対し、彼女の食事量を減らすよう説得する。

ユリアスの言葉を切り捨て続け、なんとかシュタイナー家当主から「とりあえず一週間、こちらで量の調整を試みようと思う」という言葉をもぎ取ることに成功した。

直後、彼女が倒れた時には心配したが、呼びつけた医者によればどうやら『空腹』が原因のようだ。起きて速攻で食べ物の心配をするところからしても、特に異常はなさそうだった。

ならば、トレーニングを開始したところで問題ないだろう。

つい数日前までの俺みたいに甘やかし続けるライバルが出てくる前に痩せさせなければ。

城へ帰る馬車の中、俺は決意を固くしたのだった。

◎　◎　◎

数日後。シュタイナー家を訪問すると、ユリアスの前には大量のハンバーガーが並んでいた。

やはりというべきか、ユリアスの食事量に大幅な改善点は見られない。

以前までの肉と炭水化物、脂質のオンパレードからは半身ほど外れてはいるものの、ラッセルが手を尽くしてもこれ以上は限界なのだろう。

数年前まで嫉妬に燃えていた相手、ラッセルだが、今ではすっかりそんな気持ちは消えている。

「マルコス王子。王子にこんなことを言うのもどうかと思ったのですが……私は王子のこと、応援していますので！　私で良ければいくらでも協力いたします。力が必要になった時は、何なりとお申し付けください」

それどころか俺の気持ちに気づいて協力を申し出てくれた。

実際、彼は今までに何度かこっそりとユリアスの好みを教えてくれている。

そんな相手と敵対したところで、害はあっても利益などない。あまりに幼すぎる嫉妬心だったと悔い改め、あのユリアスの胃袋を射止めた相手として尊敬の念まで抱き始めている。

そんな相手が考案したメニューなのだ。

文句は言いたくない。言いたくはない……のだが、全く反省していないユリアスの態度と、送った手紙に返信がなかったイライラとが相まって、思わず小言が漏れる。

それでも『お願いだから痩せてくれ……』と懇願しなかっただけマシだろう。

体調を崩し、顔を歪めて痩せこけていくユリアスなんて見たくないんだ……なんて弱音を零せば、どんな目で見られるか分かったものではない。

そうならないために俺が痩せさせなくては！

心を強くもって作成した運動メニューを突きつけた。

「屋敷でこなしてほしいが……お前の場合サボるかもしれないからな。三日に一回は俺も一緒にする」

「え、来るんですか……」

露骨に顔をしかめているユリアスだが、こうでもしないと彼女は確実にサボる。

ただでさえ食事改善をしている途中で野放しにすれば、反動で太ることくらい簡単に予想がついた。予定があるだのと言って、抜け穴を探そうと画策するユリアスに釘をさすことも忘れない。

――そして数日後。

ユリアスの父の許可のもと、抜き打ちでノックなし訪問をすれば、やはりそこには元気なユリアスの姿があった。

「やはり俺の渡したメニューをこなしてなかったか……」

「あー、一応やろうとは思ったんですよ？　でも限界ってあるじゃないですか」

「なぜお前はピンピンしているんだ。限界までしたなら今頃、筋肉痛で苦しんでいるはずだろう」

通常、多くのメニューを課せられた者は多少でも筋肉痛に苦しむものである。その発生タイミングは人それぞれで、数時間後から数日後と幅広い。

けれど目の前のユリアスは筋肉痛なんて知らないとばかりの涼しい表情を浮かべて

いる。

「動くからこれ穿いとけ」

「ありがとうございます。というか短パンあるなら先にくださいよ！」

「短パン？」

「あ、ショートパンツ派ですか？」

針子に作らせた下ばきを渡すと、彼女は『短パン』だの『ショートパンツ』だのよく分からない言語をポンポンと挙げていく。

ユリアスは引きこもり後、たまに意味の分からない言葉を発するようになった。まぁこの数年ですっかり慣れ、謎の行動やレシピの考案に比べれば些細なものと感じるようになったが。それよりも気になるのはユリアスの行動のほうだ。

ドレスをまくり上げ、下着をずぼっと下ばきに突っ込む。そしてバサッと裾から手を離して、腹のリボンの調整を開始する。

男が目の前にいるというのに羞恥の感情など全くない。

公爵令嬢や王子の婚約者以前に、女としてどうなのか……

それをじっと見てしまった俺も俺で問題なのかもしれないが。

「ユリアス……俺の前だからいいが他の男の前でそんなことするなよ」

「え、しませんよ。王子の前だけですって」

「お前、俺を男として見てないな」

「そういう王子だって、私のこと女として見てないじゃないですか」

「十分女扱いしているだろ……」

そうでなければこんな感情、速攻で犬にでも食わせている。

気を取り直して、運動を開始する。

まずは簡単な準備運動から。そして見習い兵士時代のトレーニングメニューを少し下方修正したメニューが続き、ラストのランニングを開始しようとする。

けれどそれよりも先にユリアスがへばった。

一度休憩を挟むと告げると、何を勘違いしたのか「やっと終わった～」と床に倒れ込む。そして汚れるのも気にせずに部屋をゴロゴロと転がり始めた。

正直――ものすごく可愛い。

ユリアスのぷにぷにとした身体が溶けるように床にだら～んとくっついているのだ。

今なら自宅の猫に無視し続けられてもパンチを食らわされても、可愛い可愛いといつだって幸せそうにのろけるルークの気持ちが分かる。これは可愛い。甘やかしたくなる。

なんだったら専用の部屋を作って一日遊びつくしたい。

けれどユリアスは猫ではなく人間だ。

そしてここで屈すれば最後、ひたすらユリアスを甘やかし続ける未来しか残されていないのは確実だった。

それでも、無理は禁物だ。

すぐさまメニューをランニング屋敷外二十周からウォーキング屋敷内五周に切り替える。

ユリアスの手を引き、グルグルとシュタイナー家の屋敷を回ること五周——ユリアスの汗はサラッとしたものからどろっとしたものに変わっていた。

危険なサインだ。どうやら少しやりすぎたらしい。ユリアスにはしっかりと休めと告げて、部屋を後にする。もちろん部屋の外で待機していたシュタイナー家のメイドに塩入りの水を飲ませてやってくれと告げることも忘れない。

城に帰った俺は、真っ先にトレーニングメニューの書き換えを開始した。

その日の経験をもとに『無理は禁物』を掲げてトレーニングを続けること数ヶ月——すっかりトレーニングメニューを考えるのが趣味となりつつあった。

ルーク曰く『お菓子の時もそうだったし、凝り性なんじゃないか？』とのこと。

「ここ、足関連のトレーニングが連続してるぞ。これじゃあ最後のランニング辛いだろ。

上半身のトレーニングとかでいいのないのか？」

「ならゴムチューブを取り入れたトレーニングなんだが……」

「それにしとけ」

「了解した」

ルークは呆れつつも、お茶菓子片手に俺の趣味に付き合ってくれる。

「それにしても、あと数ヶ月でルークと気軽に会えなくなるのか……」

「寮だからな。それでも長期休暇には帰ってくるし、手紙を寄越せば返信くらいする」

「何かいいお菓子があったら持って帰ってきてくれ」

「そこかよ！　まぁお菓子探索は行うけどな……」

すっかりお菓子の魅力に囚われてしまったルークは数ヶ月後、隣国の学園に入学する。

本来、ルークは俺やユリアスと同じ、我が国の学園に入学する予定だった。けれど今から数ヶ月ほど前にこの国を訪問した隣国の王族が我が国の食文化に興味を持ったのだ。

言わずもがなシュタイナー家が充実させている分野である。

だがユリアスを留学させるわけにはいかない。そんなことをしようとすれば、多くの貴族達が猛反対することなど目に見えている。そもそもユリアスの父が許可を出さないだろう。そのためシュタイナー家と並ぶ名家の子息であるルークが選ばれたというわけだ。

異国間の交流というよりも食の親善大使に近い。

彼が三年間滞在し、両国間で良い関係が築けた暁(あかつき)にはユリアスの弟・タイロンが留学する――ということも将来的には考えられている。もちろんこちらはシュタイナー家当主も了承済みだ。そのためにも、やはりルークの活躍が不可欠。寂しさはあるものの、引き止めるつもりはなかった。

「それより今回のお茶、いつもと少し違わないか？　なんというかスパイスが効いている？」

「分かるか！　これは遠く離れた大陸でブームを引き起こしているものらしくて、癖はあるがなかなかに美味(うま)い。食事とも合うぞ。良かったら少し持っていくか？」

「悪いな」

こうして学園への入学が刻一刻と迫る中、平凡な毎日を送り続けていた――はずだった。

ある日、城に戻ってからしばらくして忘れ物に気づいた俺が、ユリアスの部屋まで戻ろうと階段を上っていると、謎の曲が聞こえてくる。

「かいそ～うおおんどぉ　ゆっらゆらゆれ～る～　わっかめ！」

どこからともなく、だったらホラーだ。だが俺は、この声の主がユリアスであることを知っている。ここしばらく聞かなかったが、ユリアスの変な曲は健在だったようだ。おそらく今日の食事に好物が並んだのだろう。

それにしても『かいそう』『おんど』『わかめ』とは一体何のことだろうか？　気になってゆっくりとドアを開けると、そこには両手を頭の上でゆらゆらと揺らすユリアスの姿があった。

「………………何を、しているんだ？」

「王子……」

ピスタチオダンスの再来だ。

つまり『かいそう』なるものが『ピスタチオ』と同等の立ち位置であることを意味する。久々のダンスがよく分からないものに取られるとは。忘れかけていた嫉妬がメラメラと燃え上がった。

それはなんだ、と問えば途端にユリアスは目を逸らす。けれど追及を止めることはできなかった。

「それは？」

言葉を繰り返すと、彼女は観念したように苦し紛れの言葉を口にする。

「……腕の曲げ伸ばしと手首の運動です」

それが嘘であることは一目瞭然であった。

もし俺がピスタチオダンスを見たことがなくても違うと分かるほどユリアスの視線は泳いでいる。けれど一度言ってしまった手前、取り返しが付かないのか、彼女は言葉を続けた。

「簡単な動きですけど、意外と気持ちいいんですよ。寝る前にはこうしてストレッチしているんです」

「……そうか」

ぺらっぺらな言葉を紡ぎ続けるユリアス。

なぜだろうか。不思議と彼女をいじめているような感覚に陥る。もちろんそんなつもりは全くない。

だがストレッチか……。

運動前の準備運動には取り入れていたが、運動後も使った筋肉をほぐす必要があるかもしれない。

思えばユリアスのメニューを作ってはいるものの、見習い兵士達のトレーニングメニューや筋トレをアレンジしただけ。ユリアスの疲労具合を確認しつつ組み替えているとはいえ、完全な独学だ。

そろそろ本腰を入れて学んでみるのもいいかもしれない。

ちょうど入学予定の学園には運動を専門とする教師・講師陣が揃っている。彼らに教えを乞い、新たなステップに踏み出そう。

◎　◎　◎

予想していたことではあるが、学園入学と共にユリアスには取り巻きができた。

元より多くの貴族がユリアスをグルメマスターと慕っている。全く姿を見せなかったユリアスが学園に通う、つまり定期的に顔を見せることによって、彼らの憧れは膨れ上がっていく。

そしていつしか『グルメマスター』は神格化していた。

前々から信仰に近いとは思っていたが、まさかここまでとは。

日に日にグルメマスターを信仰する勢力は大きくなり、今までユリアスとは無縁だった平民までも呑み込んでいく。

渦中のユリアスの様子が心配にはなるものの、距離感はまさに教祖と信者のそれだ。

少しばかりユリアスが彼らの勢いに負けているが、統率は取れている。

信者の間では『グルメマスターを悲しませるな！』との鉄則ができており、争いもない。

教師達はユリアスの入学により学生達の争い事が減ったと喜んでいた。

特に貴族と平民との身分差によるいざこざがほとんどなくなったのだとか。

すでにグルメマスター信者と化していた教師の言葉を借りれば、『グルメマスターを前にすれば身分など些細な問題。持たぬ者には寛大な心を持って分け与えるべし。そう、グルメマスターが我々に教えてくださったのです』とのこと。

現場を見てはいないが、おそらくユリアスが食べ物を誰かに分け与えたのだろう。彼女のことだから、そんな施しの精神のような難しいことを考えてはいない。しかし、何はともあれ、学園生活は驚くほどに平和である。

ならば俺もユリアスを痩せさせるために勉学に励むべきだ。

直近の目標は規定の型紙が存在する大きさまでサイズダウンさせること。

運動学をベースに組んだ時間割に加え、昼休みには図書館にこもる。講師の時間が確保できれば、直接教えを乞いに講師室に足を運んだ。グルメマスターの婚約者であることは講師陣の耳にも届いているらしく、誰もが俺に寛容だった。

こうして着々と知識を増やしてはユリアスのトレーニングメニューに手を入れていく

日々――そんな時に事件が起きる。

その日俺は、特別授業の関係で放課後のトレーニングは休みにすることを伝えようとユリアスを捜し回っていた。けれどいつもいるはずの食堂に姿はなく、中庭や校庭と食事がとれそうな場所を捜してもいない。体調を崩して帰ったのかと心配になって馬車置き場に向かうと、そこにシュタイナー家の馬車と御者(ぎょしゃ)が待機している。

どうやらまだ校内にいるらしい。

それなのに、学園の至るところを捜し回ったが、一向にユリアスの姿は見つからなかった。

そろそろ午後の授業が始まる。ここまで見つからないとはおかしな話だ。俺はたまたま見つけたグルメマスター信者に声をかけることにした。

「ユリアスを知らないか?」

「申し訳ありません。ここ半刻ほどは姿をお見かけしておりません」

「食堂・中庭・校庭以外でユリアスが食事をとる場所に心当たりはないか?」

「残念ながら……」

「そうか……ありがとう」

「お力になれず申し訳ありません」

信者が、彼女がどこにいるか把握していないとはよほどのことだ。

あのユリアスが食事もとらず、どこにいるというのか。不安でならない。心配になってもう一度馬車置き場まで確認に向かったが、やはりその馬車は変わらずそこに鎮座していた。

キンコーンカンコーン。

授業開始のチャイムが鳴る。

そこでようやく次は一年生の共通授業だったと思い出し、教室に戻る。けれど教室を見回してもユリアスの姿はなかった。

俺はグルリと身体を反転させ、学園を捜し回ることにする。一国の王子でありながら婚約者を捜すためにサボタージュを選んだのだ。

心配で学園中を何周もして、教室も何度となく覗いた。けれどどこにもユリアスの姿はなく、時間が経過するごとに不安が募っていく。

どこかで怪我をして動けないのではないだろうか。

誘拐されたのではないか。

教師達に告げて協力を仰ごうかと考え始めた時だ。

目の前に、ひょっこりと見慣れた金色の髪が見える。

ずっと捜していたその姿に、俺は大股で歩み寄り、真っ先に怒声が口から出た。

「どこに行っていた！」

けれどすぐに安心感が追いつく。

「……理由があるなら聞く。だから勝手にいなくなるな」

額に手を当て何事もなくて良かった……と小さく息を吐く。するとユリアスは不気味なほどに真面目に謝罪を繰り広げた。

「ご迷惑をおかけして申し訳ありませんでした」

両手をピタリと横につけ、上体を綺麗に四十五度曲げて最敬礼。あのユリアスが、だ。これでは一方的に怒ってしまった俺が子どもみたいじゃないか。ばつの悪さを感じて思わず半歩ほど退いた。

「め、迷惑ではない。ただ……心配、するだろう」

「え、でも水曜日は一人でお昼食べたいって伝えてありますよ？　いくら彼らでも心配はしないでしょう」

「は？」

「少ないとはいえ、授業をサボタージュする生徒は他にもいますし。次の時間に顔を出せば保健室で休んでたのかな、とでも考えるでしょう」

「お前は…………」

「そろそろ行かないと次の授業遅れちゃいますよ」

「誰のせいだ……」

へらへら笑いながら俺の背中を押すユリアスに思わず力が抜ける。

だが本当に、何事もなくて良かった……

教室への移動中、水曜日だけは一人でご飯を食べているらしいという情報をゲットしたことに気づく。

信者達に囲まれての食事に息苦しさを感じてのことだろう。

そう分かっていながらも、俺は水曜日の昼にユリアスのもとを訪れるようにした。

目的は一緒に食事をすること。ユリアスを捜して回っている時に見かけた、婚約者やカップル同士で食事をとる姿が羨(うらや)ましかったのだ。

ユリアスはぶつくさと文句を言うが、水曜日のわずかな昼休みは俺の心が満たされていく。

誰もが俺達を遠巻きに眺めるこの時は、仲の良い婚約者同士になったように思えるのだ。もちろん実際に俺達の間に繰り広げられる会話に色気などあったものではない。野菜を食べろと繰り返す。なんだかんだとユリアスに文句をつけるのは、少しでも交わす言葉を増やしたいという、なんとも浅ましい考えからだ。

　本当は聞きたいこと、話したいことは別にある。

というのも、つい数日前、学園図書館で馴染みの司書からとあることを聞いてしまった。

「――あ、王子。そういえばこの前、婚約者様がいらっしゃいましたよ」

「ユリアスが？」

「初めは王子を捜してらっしゃるのかと思ったのですが、どうも違うみたいで。同僚がルーベルトはいないのか、と聞かれたと言うんです」

「ルーベルトのことを？」

「退職したと伝えたら、そうですかとおっしゃって帰ってしまったらしいのですが、本の虫で休みの日も図書館にこもっていたルーベルトは一体どこでユリアス様とお知り合いになったんでしょう」

「城で会っていたんだろう」

「あ、そういえばルーベルトは元々お城に勤めてましたもんね！」

　不思議そうに首を傾げる司書にそう告げると、納得したように手を打つ。

　一方、俺の中での疑問がもくもくと大きくなっていった。確かにルーベルトは元々城の司書だ。だが本に興味がなく、現在進行形でも進んで本を読もうとはしないユリアスが、城の書庫にこもってばかりだったルーベルトと顔を合わせているはずがない。そもそも彼の名前すら知らないだろう。

なぜユリアスはルーベルトがこの図書館に勤務していたことを知っていたのか。

それが不思議でならない。

引きこもりをきっかけにユリアスは不思議な行動をすることが増えた。そして食事量と体重も増えた。それが最近は落ち着いているように見えたのに。

もしやルーベルトのことを特別に思っているのだろうか。

胸の中で芽吹いたその不安の芽を、俺は摘み取りたいと願い続けている。けれど、いざユリアスを前にするとどう切り出せばいいのかが分からない。

「王子、野菜推しですか？　確かに大事ですけど、筋肉つけたいならタンパク質ですよ。肉です、肉。あ、私の分食べます？」

「……もらう。代わりにこのサラダをやろう」

「一方通行システムなのでお断りします」

こうして今日も切り出せずに文句ばかりが口をつく。

本当は俺がいない日はどこで何をしているかも聞き出したい。

なのに、いざとなると気が重くなる。城の鍛練場に用意されたどの重りよりも重いように思えてならなかった。

それからも胸にもやもやした感情を抱え続ける。

何も聞き出すことはできず、心の距離は相変わらず開いたまま。

だが、物理的な距離ならば、いくらでも埋められた。

夜会では「せっかく痩せたんだから暴飲暴食させるわけにはいかない！」と適当な理由を付けて、すぐにどこかへ消えようとするユリアスを隣に置き続ける。音楽が始まれば、ダンスをと手を引いて中央へ躍り出るのだ。お茶会でも隣に置いたまま。もちろんなんでもかんでもお菓子に手を伸ばそうとするユリアスへの制止も忘れない。

学園に入学してから順調に痩せ続けているものの、むうっと頬を膨らますユリアスは相変わらず可愛い。頬を指で突かなかった俺の理性を褒めてほしいくらいだ。

そして、休日と放課後のトレーニングも忘れない。

痩せたのに……と文句を垂れるユリアスだが、継続こそが大事なのだ。

『体型維持のため』『夜に美味しいご飯を食べるため』なんてそれらしい理由を並べては、共に過ごす時間を噛みしめる。

王子としての公務が入る時は、せっかくの休日を潰されてなるものか！　とユリアスを連れていく。すると意外と受けが良かったので、それ以降、できる限りユリアスも引っ張っていくことにしている。

おかげで卒業もあと少しまで迫る頃には、周りの人達はみんな、すっかり俺達を仲良しな婚約者だと勘違いしてくれていた。もちろんユリアスに近づく男への威嚇も忘れない。キッと睨んで何も知らぬユリアスの腰を抱けば大抵の者はそそくさと消えていく。

ごく稀に俺に臆せずユリアスとの距離を縮めようとする男もいたが、強引なやり方で近づいてくるせいか、ユリアスの機嫌を損ねていた。そしてグルメマスター信者によって排除されていく。これでユリアスの周囲に色恋の虫の姿はまるでなくなっていく。なんとも素晴らしい構造だった。

◎　◎　◎

「――マルコス王子はグルメマスターフィットネスをもう覚えられましたか？」

それは、とある運動学の講義でのこと。隣の席の男子生徒が問いかけてきた。

「グルメマスターフィットネス？」

「はい。グルメマスターが考案した運動方法ですが、まだ未習得でしたか。では今度時間がある時にお教えいたしますね」

「頼む。だがそれは本当にユリアスが広めたのか？」

「いえ、広めたのはグルメマスター信者の方です」

「どういうことだ？」

「水曜の昼食時、グルメマスターがどこに足を運ばれているかご存じですか？」

「いや」

「温室の妖精のもとを訪れているそうなのです」

「温室って学園七不思議にある温室か？」

「ええ」


この学園には七不思議というものが存在する。学園案内図には載せられていない温室は、その中の一つ。学園中をくまなく探し回ったところで、選ばれし者以外はたどり着くことすらできないのだとか。万が一、温室を見つけ出せても、中に入れるかはまた別の資格が必要らしい。

本当にそんなものが存在したのかと驚きこそすれ、ユリアスが温室に認められたことへの驚きはなかった。

だがまさか妖精までいるとは。通常、妖精は気に入った相手以外に姿を見せることはない。つまり温室だけではなく、妖精にも見初(みそ)められたということになる。

「温室とそのグルメマスターフィットネスにどんな関係があるんだ？」

ユリアスが自分で運動法を導き出したとは思えない。誰かがグルメマスターにあやかって付けたのだろう。そう思い込んでいたのだが、男子学生から告げられたのは驚くべき事実だった。

「実はグルメマスターに用事のあった生徒が、温室の中でこの踊りを踊られている姿を目撃したそうです」

「その生徒も温室にたどり着けたのか」

「ええ。ですが中に入ることは叶わなかったそうで。これはきっとグルメマスターの踊りを広めろとのおぼしめしだろうと考えたと聞きました。他の信者達、そして信者以外にも広めることこそ私達の使命！　と確信し、グルメマスターフィットネスを広めたそうです」

なるほど。なんとも信者らしい行動だ。フィットネスと付いてはいるものの、おそらくその中身はユリアスが幼少期に部屋で踊り出した、あの謎のダンスのことだろう。

フィットネスの謎は解けたが、まだ妖精の謎は残ったまま。

「それで妖精というのは？」

「グルメマスターと一緒に踊っていた桃色の髪の少女がいたそうです。その美しさはグルメマスターの隣にいても引けをとらない。何より制服を身にまとっているのに学内のどこにも存在しない、きっと温室の妖精なのだろう、と。妖精に見初められるなんてさすがグルメマスターですよね～」

妖精、か。

グルメマスター信者の学生が惚けた顔で信仰を加速させていく一方で、俺は次から次へと人を魅了していくユリアスに頭を抱えた。妖精という、手の届かない存在にジェラシーを燃やす。

そんなたまにしか会わない相手に負けてなるものか！　とトレーニングを言い訳にユリアスと共に過ごす時間を増やした。

隣国の食事会の誘いを受けたのも、移動時間分、共にいられると思ったからだ。

だが、そこでユリアスは毒を盛られた。

グルメマスターを神認定した狂人に殺されかけたのだ。

毒が入っていると指摘された時には心臓が止まるかと思った。だが幸いにも症状は軽く、後遺症もない。問題なくトレーニングも行えている。

その後、トレーニング合宿と偽って、二人で別荘に出かけた。本当は、バードル領での一件を気にしているらしいユリアスを元気づけるためのものだ。いつもとは違う場所で、他人の目を気にせず過ごせるように。ご飯もラッセルと相談して用意した。

極めつきは妖精の湖だ。そこは、母上に教えてもらった場所で、なんでも妖精のダンスを見た男女は生涯共に過ごせるのだというジンクスがあるのだとか。

ユリアスがその場所を好きになってくれる確証はなかった。何より、妖精で釣るのは気が進まない。それでもユリアスには笑ってほしくて決行したというのに……結局、いつも通り。優しく接したことで、彼女に違和感を抱かせてしまったらしく、照れ隠しで激しい運動をさせてしまった。寝ている彼女の髪を撫で、馬車に揺られる。それでも屋敷に着く頃にはすっかりといつも通り。

そんな関係に、安心しきっていたのかもしれない。

「王子。婚約破棄、します？」

ユリアスの言葉を冗談だと、いつも通りの軽口だと決めつけた。

『婚約破棄』なんて具体的な言葉を出したのは数年ぶりかもしれないのに。

もしここで俺が許可したら、ユリアスはどうするつもりなのだろうか。彼女は俺の判断に身を委ねるつもりなのだろうか。今さらながらに全く恋愛感情を持たれていないことを実感して、胸が痛くなる。

「好きな相手でもいるのか？」

「まぁ……」


はぁ!? 誰だ！ と声を荒らげ、詰め寄らなかった自分を褒めてやりたい。

けれどすぐに俺ほどユリアスに相応しい相手はいないはずだと気を持ちなおす。

俺なら存分に愛して、甘やかしてやれる。

どんなに変な動きをしたところで驚かずにいられる。

彼女の軽口にだって付き合える。

特に金銭面・食費の問題では右に出る者はいないはずだ。

それは国庫から出されるもので胸を張るべきところではないのだが。

別に結婚したいわけでは……との言葉に安心し、冒険者になりたいという願望に再び胸を騒めかせる。そして『王子妃役を辞退したい』との申し出に一気に頭に血が上るのを感じた。無理だと分かっているトレーニングフルセットを追加し、身体面で冒険者を諦めさせようと画策する。

実際、ユリアスの身体は途中で限界を迎えた。

悔しそうに足を叩く姿に一種の優越感すら覚える。にやける顔は隠せるはずもなく、そのままユリアスを見下ろすと、ぐっと唇を噛みしめる彼女と目が合った。

いくら悔しかろうとこれ以上動けないことはユリアス本人がよく知っている。諦めるんだな、との意味を込めてコップに水を注ぎ、タオルと一緒に渡してやった。

「ほら水とタオル」

それを受け取ろうとユリアスが手を伸ばした時だ。

机にぶつかった衝撃で何かが袋から零れ落ちる。それと同時に今までへばっていたユリアスが地を蹴った。見事なスライディングでそれをキャッチすると、すぐに隠すように腹へ抱え込んだ。

けれど、たった一瞬だけ顔を見せた『それ』が何かを俺は知っていた。まだそんな力が残っていたのか……とユリアスのスライディングに突っ込む余裕はなく、思わず出た声は震えている。

「ユリアス、それ……」

一瞬見ただけで判断できる、どぎついパッションピンクの色をした種は、間違いなく『サキュバスの秘薬』だ。幼い頃、家庭教師に呑まされないように気をつけろと叩き込まれたのだから間違えるわけがない。

なぜユリアスがこんなものを持っているのだろう。

そんなに好きな相手がいるのか。

心を操ってまで一緒になりたい相手がいるのか。

冒険者、なのだろうか。

先ほど冒険者になりたがっていたのは意中の相手と一緒にいるため？

結婚を望まないのは、身分違いの相手だから？

いつそんな相手と知り合ったのか。

俺が知らない間――学園でのことだろうか。

彼女の周りには信者しかいないと安心しきっていたのが仇となった。

結婚まで残すところわずかだったのに、ここで赤の他人に取られるのか……

薬を使わねば振り向きすらしない相手に取られるなんて、許せるわけがない！

「これは俺が預かっておく」

怒りに侵食された俺はサキュバスの秘薬を没収し、怒りの矛先をユリアスに向ける前に部屋を去った。

馬車に乗り込んですぐにサキュバスの秘薬を丸かじりする。

これを他の男に食わせてなるものか、とバクバクと食べ進めていく。まるでやけ食いだ。

もう何年もユリアスの気持ちが自分に向いていないことなど分かっていて、それも承知していたというのになんとみっともない姿だろうか。水もなく、苦いそれを涙と共に呑み込んでいく。けれど聞かされていたような、身体を脅かす熱は一向にやってこない。

今さら食ったところで変わるほどの感情の余白はなかったということか。もうすでにユリアスへの想いは限界値を迎えていたのだ。

それが分かってしまうと、やってくるのは悔しさだけ。

この三年間、心を埋める努力をしていたらもっと変わっていたのか。少なくともこれがインキュバスの秘薬だったら、ユリアスに無理やり食わせるのに……とは、思わない。

実際、食べ終わったものがインキュバスの秘薬だったとしても無理やり食わせたところで、むなしいだけ。薬で感情が操作されたユリアスに好きです、愛していますなんて言われたところで鳥肌が立って、元に戻ってくれと縋るのが関の山である。

馬車の中で一人、はぁ……と大きなため息を吐く。

こんな情けない想いと怒りは全てルークへの手紙にぶつけることにした。

隣国で卒業を間近に控えるルークにとって、そんな手紙は迷惑でしかなかっただろう。けれど彼は、わざわざ翌日には馬車を走らせて城まで駆けつけてくれた。

美味いお茶とお菓子を出したら聞いてやろうと条件を提示してきたものの、それはルークなりの優しさなのだろう。彼のお気に入りのお茶とクッキーを用意すると、それらを口に運びながら熱心に俺の話に耳を傾けてくれた。

「そもそもユリアス嬢はそんなもの、どこで手に入れたんだろうな」

「え？」

「マルコスもサキュバスの秘薬はなかなか手に入らないことは知っているだろう？」

「ああ。理由までは知らないが」

「二年くらい前からだったか、ただでさえなかなか手に入らないそれをドロップするサキュバスやインキュバスを端から狩り取っているSランクパーティーがいるらしくてな。市場に出回らないらしい」

「その集団はサキュバスの秘薬を集めている、と？」

「ああ。なんでもいくら高値で交渉したところで今は譲れないの一点張りらしい。そんな奴らが独占している品を一体どこで……」

その日のうちに帰るルークにたんまりと茶葉とクッキーを渡してから、そのパーティーメンバーを探ってみることにした。

するとただでさえ珍しいSランクパーティーだけあってすぐに調べがつく。五人組で形成されたパーティーで基本的にはソロだが、大きなクエストをこなす時にのみ数人で集まるらしい。

五人揃うことは極めて稀(まれ)だというそのメンバーの二人には見覚えがあった。ユリアスの信者である。それも俺が顔を覚えるくらいには良いポジションに立つ人物だ。食事以外にも取り巻きとしてユリアスの近くにいることも少なくはない。なるほど。彼らがユリアスにサキュバスの秘薬を渡したのか。

流通ルートが分かれば、後は個人を調べるだけ。

王族に伝わる情報集団の手を借りて、二人の冒険者を深いところまで探ってもらう。けれど成果は全く得られない。出身地やグルメマスターとの出会いから初恋の相手、初めてついた嘘までは判明したのに、そもそも彼らとユリアスに明確な接点が見つからない。彼らはあくまで信者であり、取り巻き。ユリアスと深く関わっているという情報が一向に入ってこないのだ。

同時に彼ら以外で、ユリアスと接点のありそうな冒険者を中心に、彼女の意中の相手を捜したがこれまた見つからない。

こんな調子では、没収したはいいものの、再びユリアスの手にサキュバスの秘薬が渡るのも時間の問題だろう。

どうすればユリアスをとどめて置けるのだろう。

数日間、考えに考えた結果――俺が導き出したのは囲い込みだった。

第五章

インキュバスの秘薬を没収された数日後——私は王子からお呼び出しを受けた。

『水曜日に城に来るように』

一般的な便せんのど真ん中に一文だけ書かれた手紙を受け取り、いよいよ取り調べからの首ちょんぱだと、逃亡を試みる。前よりもずっと身軽だし、と。

けれど着の身着のまま屋敷を飛び出した時点で、無駄だと気づく。

「お待ちしておりました、ユリアス様」

すでに私の逃亡を予測していたらしい王子は、屋敷の前に使用人と馬車を待機させていたのだ。

手紙を受け取ってしまった時点で、道は残されていなかった。

逃げるなら、もう少し早く逃げるべきだった……

前世でも夏休みの宿題は残り一週間で済ませようと計画して、結局、最終日に焦(あせ)ってはみるものの、他の子が一ヶ月半もかけてこなすことを一日で完成させられるわけもなく、提出日には家に忘れただけだと言い張る子どもだった。

お母さんから「その癖直しなさい！」と呆れられていたけれど、前世で直しとけば良かった……。

ガタゴトと小さく揺れる馬車の中で一人、頭を抱える私はまさに出荷待ちの子牛の気分。有名な子牛の曲が延々と頭の中で繰り返される。

その歌詞通り、空はよく晴れていて、時刻もちょうど昼過ぎなのがなお悪い。向かう先が城であること以外は状況が揃いすぎている。

「はぁ……」

案内された部屋でため息を吐き、断罪の時間を待つ。

けれどドアを叩き、入ってきたのは取り調べ官ではなく、台車に載せられたケーキだった。それもウェディングケーキみたいな五段重ねのもの。頂上ではいちごで作られた柵の中で砂糖菓子のうさぎさん達が呑気に戯れている。

「でかっ。というかなんでケーキ？」

まさかのご登場に思わず声が漏れた。

するとケーキの後ろからおもむろに皿とフォークが差し出される。

「好きなだけ食え」

「あ、どうも……。って王子!?　これは何です?」

部屋をぐるりと見回しても王子しかいない。

どうやら台車を押してきたのは王子らしい。

私って断罪されるんじゃないの?　もしくはその準備段階である取り調べ。

なのに、なぜケーキ?

混乱状態の私だが、さらなる混乱に突き落とされる。

「お前を釣るためのエサだ」

「は?」

意味が分からないんだけど。

「昔みたいに小さいのじゃ釣れないだろうと思って、大きいのを用意させた」

引きこもり時代の私がお菓子で釣れたから、年齢に応じてサイズアップさせてみた……と。

情報開示のタイミングおかしくない?

城に連れてきたいというならば、ケーキを用意してある旨を手紙に書くべきだ。まぁこの状況では、ケーキが用意してあると手紙を寄越されたところで逃げる一択だが。

そもそも痩せろと言い出したあの日から、王子はいつだって私の暴飲暴食を阻止して

きた。最近では少し食事量の制限も緩くなってきていたとはいえ、少なくともこんなどでかいケーキを用意して、あろうことか『好きなだけ』食べていいなんて言い出すはずがない。

「……今日は食べすぎるなとか言わないんですね」

もしかしてこのケーキの中に睡眠薬か自白剤が入ってたりする？

疑いの眼差し（まなざし）を王子に向けると、はぁっと大きくため息を吐かれた。

「それはもういい。城の料理人にも栄養バランスのとれた食事を作らせるし、運動は俺が管理する。それでも身体が大きくなったら大きなサイズのドレスを作らせる。だから婚約破棄は諦め（あきら）ろ」

真っ直ぐとこちらを見つめ返す王子。

その瞳に嘘は見えない。本気で婚約破棄をやめさせるために譲歩したようだ。けれど私に有利な条件ばかりを並べて、何の得になるというんだ。裏があるに決まっている。

「それはなんとも……随分な譲歩ですね」

探りを入れてみると、王子はあっさりと口を割った。

「他の男に取られるくらいだったら譲歩したほうがマシだという結論に至った」

まるで私を思っているような言葉だが、きっと愛する女性が正妻になることを拒否し、王子は側室の座を用意したいのだろう。

正妻だの王子妃・王妃様だの、所詮はお飾りだ。

今の国王陛下と王妃様は大恋愛の末に結ばれたらしいけれど、権力バランスがとれた相手と恋をするなんてごくごく稀なパターン。どこかでバランスが調整される。

今回、その役を担うのが私というわけだ。

『インキュバスの秘薬』を口に突っ込もう計画は、私がただ一人でから回っていただけのようだ。気づかなかっただけで、彼はずっと愛を育んでいたみたい。はなから王子は私には何も望んでいなかったのだ。

なんだ、断罪エンドがないなら初めから教えてくれれば良かったのに。

知ってたら多分、今よりもずっとぐーたらな生活を送っていたか、嫌みでヒステリーを起こすご令嬢になっていたことだろう。

どちらになるかは分からない。けれど嫌みな悪役令嬢だったらきっと王子の想い人に迷惑をかけることになった。だったら、何も知らずに突っ走るような今の私で良かったのかもしれない。

恋を自覚してしまった後でこのエンディングは、胸が締め付けられる。

けれど好きな人が幸せになれるのなら。

その姿を近くで見られるのなら。

それはそれで幸せなのかもしれない。

前世の推しの声は聞けなかったし、姿も見られなかった。けれど今世の推しである王子の姿は、これから何度だって見ることができるし、声だって聞くことができる。

ただ——想いがこちらを向かないだけ。

ゲームの液晶を挟んで、住んでいる次元も違うと思えばいっか。

立ち直るまでに時間はかかるだろう。けれどずっと落ち込んでいるなんて私らしくない。無理に笑顔を作っていつものように軽口を叩く。

「私が死んだら側室の方が困るでしょうからせいぜい長生きを心がけますね！」

「なぜ側室を取ること前提なんだ」

「隠さなくてもいいですよ～」

「何を隠す必要がある。そりゃあ世継ぎができなかったら取るかもしれないが……」

「なるほど。そういう行為は一切なしの方向ですね。了解しました」

「……やはり、嫌か」

「何がです？」

「いや、無理強いはしない。隣にいてくれればそれで」

「別に逃げませんよ」

置物王子妃上等よ。

元々愛されるなんて思ってなかったもん。

その愛情がヒロインに向くか、他の女性に向くかの違いなんて些細なものだ。

そう、些細な問題。

でも悲しいことに変わりはない。

「これ、全部食べちゃっていいですか？」

「……ああ。好きなだけ食べるといい」

こんな時はやけ食いに限る！

用意されたナイフガン無視で頂上に思い切りフォークを突き立てる。もちろんお皿に取り分けることもしない。

「紅茶、いるか？」

「もらいます！」

好きな相手の視線もお構いなしで、私は直食いでケーキの山を崩していくのだった。

◎　◎　◎

ウェディングケーキを見事倒した私は——胃もたれと胸やけに襲われていた。

失恋の悲しみから一転して、吐き気がこみ上げる。

前世でも、そして転生してからもチャレンジしたことのなかった量の生クリームにお腹が悲鳴をあげている。

今すぐにでもロザリアさんに失恋の悲しみを愚痴りたいのに、ステータス欄からチャット画面を開く気力がない。

「辛い……辛すぎる」

せめて三段くらいにしてほしかった……

けれど、王子もまさか私が全部食べきると思っていなかったのだろう。

完食した後、台車にもう一人分のお皿とフォークが置かれているのを発見した。間違いなく王子の分だ。切り分けて食べようと思っていたのだろう。分け前がなくなってしまった王子は、少し離れた場所で寂しそうにお茶を啜っていた。

それも私がおかわりしまくったせいで出がらしになっていたものを、だ。

　あの状況を客観的に見ると、なかなかにシュールな光景だ。

　五段ケーキをむさぼり食らう女と、出がらし紅茶を啜る一国の王子——少なくとも乙女ゲーム用に描かれたビジュアルで再現するものではない。

「画力の無駄遣いとはこのことね」

　神様、転生させる人間、間違えているわよ！　そう伝えたいが、残念ながらまだ神棚の製作には取りかかっていない。これから作るにしても、私の胃もたれが治まってロザリアさんへの報告とたこパが終わった後だ。

　神棚ができたら、神様にいろいろと文句言ってあげないと。

「ううっ、気持ち悪い……」

——こうして胃もたれに悩まされた私が完全復活を遂げたのは、四日後のことだった。

　脳内メモに『生クリーム系の爆食いは後に残るから注意！』と赤字でどでかく教訓を書き込む。そして久しぶりのチャット画面を開いた。

　寝込んでいたため返信はできていないが、一昨日の昼過ぎにロザリアさんからチャットが送られてきていた。内容は「上手くいってますか？」と超タイムリーな話題だ。

　最後に会ってからもう二週間も経過しているというのに、一向に何も連絡してこない私を心配してくれてのことだろう。成功の話ではないことがなんとも心苦しい。

『たこ焼きパーティーの開催を希望します！』

それだけ送ると、ものの数秒で返信が表示される。

『今空いてます？』

『いいの？』

『ええ。基本的な材料は家にストックしてありますから！　闇たこにするので好きな具材持ってきてくださいね！　では学園の温室でお待ちしております』

なんとも心強いお友達だ。

すぐさまキッチンに向かい、ラッセルにいくつか見繕ってもらった。

「調理しなくていいんですか？」

「ええ。調理は私とお友達でするから」

「今からお会いになられるので？」

「ええ。学園で待ち合わせなの！」

「夜のお食事はどうしましょう？」

「私の分はいいわ！」

「かしこまりました。ではこちらを」

バスケットには大量の食材。

たこ焼きについては話したことがないから仕方がないのだが、ステーキ用のお肉はさすがに持て余しそうだ。余ったらロザリアさんにあげてくるか、持って帰ればいいだろう。

「ありがとう！」

お礼を告げ、今度は御者に頼んで馬車を出してもらう。

玄関に向かう途中で執事長に会い、出かけてくることと夜には帰ることを伝え、準備は万端！

馬車に揺られて、温室に到着する。

するとそこには、いつもの風景にプラスして屋台が置かれていた。一見すると屋台のラーメン屋さんだが、赤いのれんには白い文字で『たこ焼き』と書かれている。それにガラスのドアを開けた途端に鼻をくすぐった懐かしいソースの香りは、まさにお好み焼きソースのものだ。

「美味しそう……」

ソースの香りに引きつけられて、のれんをくぐる。そこではロザリアさんがピックを握っていた。慣れた様子でくるくると穴も開けずにひっくり返していく。

「いらっしゃい。初めはやっぱりスタンダードかなと思って作っておきましたよ！」

「ありがとうって、私の想像していたたこパと少し違うんだけど……この温室、火災報知器ついてないの？　大丈夫？」

「私も家でたこ焼き器囲もうと思ってたんですけど、面倒くさい奴らに待ち伏せされてまして……。材料とたこ焼き器を取りに帰る隙がなかったので、材料は市場で揃えて、たこ焼き器はちゃちゃっと錬金術で作っちゃいました！　ちなみに結界張ってあるんで火災報知器は発動しません。魔法で空調管理もバッチリです！」

「さすがはチート持ち」

「こういう時、ほんと便利だな～って思います」

錬金術って屋台まで作れるのね～。

神スキルってやつじゃない！

それに結界と空調管理って、複数の魔法を同時使用しているってことよね？　さすがだ。可能性を無限大に秘めているらしい。憧れるけれど、一個のことに集中してしまう私には使いこなせそうもない。チート能力があっても、才能や適性がなければ上手く使えなさそうだ。あ、でも錬金術は欲しいかも。大型バイク作れるなら、ブオッンブオンと音を立てて乗り回したい。

もちろんアロハシャツを着用で。

「でも屋台形式なら闇たこの具材、どうしましょう？　さすがにカウンター側からだと焼きづらいわよね」

　完成型に近づくたこ焼きを前に、私は手の中のバスケットに視線を落とす。

「一気に焼いて後でシャッフルでいいんじゃないですか？　大体何が入ってるかは分かっちゃいますけど」

「それがいいわね」

「じゃあとりあえず……冷めないうちにどうぞ」

「ありがとう」

　竹風の植物で作られた舟に載せられたたこ焼きにはしっかりとソースが塗られ、マヨネーズ、青のり、鰹ぶしがトッピングされている。

「ひらひら踊る鰹ぶしはできたての醍醐味よね〜」

　できたてのたこ焼きにふーふーっと息を吹きかけて冷ましてから、まるごと一気に口の中へ投入する。冷まされたのは外側だけで、内側はあつあつだ。はふはふと口をパクつかせ冷ましつつも、口の中で広がる懐かしの味に思わず頬が緩む。

「おいひい」

「それは良かった。あ、麦茶も用意したんでどうぞ」

「あいがほお」

「では私も隣に失礼して……っと。それで何があったか話してもらいましょうか」

もぐもぐと口を動かし、空っぽになった口に麦茶を流し込む。

「あのね……」

そして私は、ロザリアさんに背中を押してもらった後のことを包み隠さず話すのだった。

◎◎◎

たこ焼きと麦茶を相棒に報告&愚痴を語ること三舟分——

ケーキで胃もたれと胸やけを起こしていたという一番新しい近況まで語り終えた私は、残りの麦茶を一気に呷(あお)った。

「ということで私は生涯、推(お)しの幸せな生活を見守ることにしたのでありました」

『ユリアス・シュタイナー劇場第一幕　完』と胸の辺りに表示してほしいくらい素敵な締めくくりである。ちなみに第二幕は、推(お)し活をしながらも公務に励(はげ)むので恋愛パートは期待しないで。

パチパチパチパチとセルフで拍手を送りつつ、新たな舟へ手を伸ばす。

これでスタンダードなたこ焼きは終わりだ。次からは闇たこに突入する。ほど良く冷めたたこ焼きを次々に頬張りつつ、何を入れようかなと考える。

けれどポンポンと口にたこ焼きを放り込んでいく私とは対照的に、ロザリアさんの手はぴたりと止まっていた。

「ロザリアさん、お腹いっぱい？」

「いいえ、まだ腹三分目くらいです」

「じゃあどうしたの？」

「話を聞いている限り、全く玉砕したように思えないんですけど」

「だって王子は怒ってインキュバスの秘薬を没収したのよ？　それは私が使用すると思っての行動でしょう？」

「それって、サキュバスの秘薬と間違えたのでは？」

「え？」

その可能性は考えていなかったわ。

今度は私がぴたりと固まってしまう。

ロザリアさんは空になった二つのコップに麦茶をなみなみと注ぎ、自分の分は一気に飲み干した。そして再び、自分のコップに麦茶を満たしていく。

「渡す時にサキュバスの秘薬とインキュバスの秘薬はよく似ているとお話ししましたよね？」

「ええ。見分けるのに苦労しそうよね」

「あれ実はインキュバスかサキュバスを討伐してドロップを確認した冒険者以外だと、鑑定持ちくらいしか判断できないんですよ。それもレベル三以上ないと厳しいですね」

「ひよこの雌雄判定レベル……」

「それ以上ですよ。中身も見た目・匂い共に人間の五感では判別できないので『魅惑の香水』に加工する際には初めに対女性用と対男性用で異なる色をつけるんです」

「マジか……。鑑定スキルって持っている時点で一生食うに困らなさそうね」

思った以上に難易度が高いらしい。

ロザリアさんのスキルって沢山あるからチートなのではなく、一つ一つがすでにチート級なのでは？

前世で一体どれだけ徳を積み重ねれば、こんな転生ができるんだろう。

「国を渡り歩く商人になるもよし。鑑定師として店を構えるもよし。ギルドの正職員枠っていうのもありですね。これは常にギルドが募集をかけてて、月に一般的なCランク冒険者の年収以上をもらえる上、衣食住の保証付きです」

「想像以上に安泰だった！」

「まぁＳランク冒険者はその何十倍と稼ぐんですけど……と、この話は置いておいて、鑑定スキルを持たない王子が瞬時にサキュバスの秘薬かインキュバスの秘薬かを判断するのは不可能です。――ということで、王子が『インキュバスの秘薬』を『サキュバスの秘薬』と勘違いしていたと仮定して話を進めると、王子の言葉の受け取り方ががらりと変わるのでは？」

ここ数日の情報を材料にして、首を左右にひねって脳内ミキサーにかける。

ウィンウィンウィンウィンと脳内セルフＢＧＭが流れた末に私が導き出した答えは――

「……自分に使われると勘違いした王子が私を懐柔しにきている？」

不敬に当たると頭にきたものの、斬首はやりすぎだと一端頭を冷やして、エサで懐柔を謀った？

そう考えると、なんだかんだで王子は私に甘いらしい。結局、一回もケーキに手を付けず、出がらしのお茶を啜（すす）っていたくらいだし。すでに王子が諦（あきら）めの境地に達しているという考え方もある。だが、なんにせよ見事に懐柔されつつあるので、王子の作戦も馬鹿にできない。いや、私がちょろすぎるのかも。

「惜しい！　ここではユリアスさんの直前の言動も考慮に入れるべきです」

「私の直前の言動っていうと、軽口モードに入ったのが悪かった？　でもあんなのいつものことよ？」

「ユリアスさんが他の男性に使うのだと勘違いしたのだと思います」

「え、なんで？」

私が他の男性に使う？　なんで？　相手もいないのに？

私の周りにいる男性と言えば、王子か使用人か信者の三択である。さらにそこから細分化し、割合を考えると、王子と一緒にいる時間が圧倒的に多い。学園では別々に過ごしているけど、休みの日も放課後も一緒だし。

それに婚約者と仲が良いと勘違いされてからは、ますます他の男性と出会う隙などなかった。もちろん私にその気がなかったのも大きな要因だろうが、新たな出会いがゼロであったことに変わりない。首を傾げながら変顔を繰り広げる私に、ロザリアさんは苦い笑いを零す。

「結婚をあと少しに控えた婚約者が『婚約破棄したい』『冒険者になりたい』と言い出したのです。何か裏があると思っても仕方ないでしょう」

「ああ～」

適当に挙げた冒険者がダメ押しになってしまったというわけか。冒険者って男性どころか、女性でも知っている人ってロザリアさんしかいないんだけど……

「ということで、ユリアスさん。もう一度アタックですす！　今度はストレートに『私のこと好き？』とかでいいと思いますよ」

「え、そんな面倒くさい彼女みたいなこと聞けないわよ。王子だって返答に困るでしょうし」

ゲームの攻撃コマンドを選択するみたいに気軽に言われても、私にそんなコマンドは存在しない。

私用コマンドを作るとしたら『食べる』『寝る』『しゃべる（軽口）』『考える（思考時間に制限あり）』『踊る』——みたいになるはずだ。『甘える』みたいなコマンドがあったら良かったんだけど、あっても王子相手には発動制限がかかりそうだ。

手で小さなバツを作り、無理無理無理無理と首を横に振る。

「困りませんて」

「でも……」

「でも……じゃないです！　さすがに私も王子が可哀想に思えてきたので早く言ってきて！」

逃げ腰の私にロザリアさんの一喝。

思わず背中に物差しを差し込まれたように背筋がピンと張る。効果は抜群だ。

「行ってきます！」

「良い報告、お待ちしております」

「うん！」

ありがとうと手を振って温室を後にする。

身軽な身体で猛ダッシュをかます私の周りにはお好み焼きソースの香りがまとわりつく。

それが今は何よりも心強いのだった。

——ということでやってきました、数日ぶりのお城。

もちろんアポイントメントは取っていない。ロザリアさんに背中を押され、猛ダッシュで駆けこんだ馬車で『城まで！』なんて刑事ドラマさながらの指示を飛ばしてやってきた次第であります。

勢い百パーセントのため、ここで断られたらどうしようと今になって少し慌てる。

たこ焼きパワーが切れたら、王子と対面するためのパワーをまた蓄える必要が出てきそうだ。

なんと燃費の悪い身体だろうか。低燃費化がいつまでも進まない自分が恨めしくてたまらない。だが加速度だけは、レースカー並みなのだ。

良いところもある！　そう自分に言い聞かせてアタックを決める。

日も暮れた時間にいきなり登場したというのに、客間でしばらく待機させられただけで王子は対応してくれた。快く、かどうかは分からないけれど。

「今日は友人と会うんじゃなかったのか？」

ウェディングケーキ事件を境に、王子の瞳からはすっかり光が消えていた。

私と会う時限定でのハイライト消失なのかもしれないが、視線すらろくに合わせてもらえないというのは意外とこたえるものがある。今までうっとうしいとさえ思ったスパルタぶりも、呆れ顔も消えて、張り合いすらもなくなってしまった。

まるで知らない人と話しているみたいで、緊張で身体が固まる。

「今、会ってきたんですけど……その……王子に会いに行ってとあることを聞くように言われまして」

「……どんな条件を出されても婚約破棄はしないぞ」

信頼はゼロというわけか。

だが、ゼロということは負の数制度を導入しなければこれ以上、下がらないということでもある。ゼロに何をかけてもゼロだって前世の小学校で習ったし、ゼロの段を極めた私がここから落ちることはない。

「いえ、そうではなく……。あの、王子」

「ならなんだ？」

ヘマしても下がる好感度はない！　と自分に言い聞かせてアクセルを力強く踏む。

「王子って私のこと好きだったりします？」

「は？」

久しぶりの『は？』は今までの王子を彷彿とさせるもので、その瞳には少しばかり光がともる。それと同時に私の中の羞恥メーターが一気に上昇した。両手で顔の半分を押さえて顔を背ける。

「冗談です！　忘れてくださ――」

「お前は今さら何を……」

「え？」

「何が目的だ？　好きならもっと食事を増やせと？　それともおやつか？　運動量が多いというなら調整するが？」

「いや、あの……え？　王子、私のこと好きなんですか？」

私が食べ物を強請（ねだ）っていると思われていることを突っ込む余裕はない。それよりも衝撃的な事実が、私の脳内キャパシティを独占しようと攻めてきている。

「ああ」

「……………………冗談ですよね？」

嘘でしょ。

いきなり訪問してきてよく分からないことを言い出す私への嫌がらせ。そう考えたほうが自然だ。

嘘だと、冗談だと言ってくれ！　と、そろりと視線を上げると、その先には至って真面目な王子の顔があった。

「なぜ冗談を言う必要がある？」

「ないですけど。諦（あきら）めの境地の先で見つけたものとかではなく？」

「随分な言いようだな」

「私が好かれるとは思えませんし、王子の行動も好きな相手にするものじゃありませんよ」

え、本気なの？

私が言うことでもないが、王子って相当女性の趣味が悪いのではなかろうか……

一国の王子なのに。

せっかく麗しい顔面と素敵な声帯をお持ちなのに。

婚約者がこんなのだったばっかりに……もったいないな。そんな同情の視線を向けると、王子はぽつりと言葉を零す。

「いなくなられるくらいだったら他に好きな男がいようが、妥協くらいする」

「いや、そこではなくもっと前の……」

「好きな相手に健康でいてほしいと願うのは、ずっと一緒にいたいと思うのは、普通の感覚だろう?」

「え、もしかしてあのトレーニングって……」

王子なりの愛情表現? だとしたらなんて不器用なのだろうか。

——ってあれ? 王子がトレーニングを始めたのって学園入学よりも前のことよね?

つまり私が恋を自覚するよりもずっと前のこと。

一体、いつから好きでいてくれたんだろう?

過去を振り返ると顔面に体内の熱全てが集中していく。

まさかの爆弾だわ!

左右の手を高速で動かして、顔に少しでも多くの冷気を送ろうと試みる。

けれど感動の最高潮を迎えている私とは反対に、王子の瞳からは再びハイライトが失われていく。

「それで、結局何が目的なんだ？」

「え？」

「目的がなきゃ、わざわざこんな分かりきったことを聞かないだろう」

想いを向けてくれていても、私の信頼度は相変わらずのゼロらしい。

こればかりは私の日頃の行いが悪いのだろうが、王子にも非はある。

「……王子、自分の常識が他人にとっても常識だと思うのやめたほうがいいですよ」

「何が言いたい？」

「王子が私のこと好きなんて初耳なんですけど……」

「は？」

態度で示すのも大事だけど、人には『言語』という手段があるのだ。

ワガママかもしれないが、言葉で伝える努力をしてほしかった……

知っていたら二年間も、どんなフォームでインキュバスの秘薬を口に突っ込もうかと悩まずに済んだのだ。

王子の周辺の女性を探って、いつまでも見つからない影に嫉妬（しっと）した日もある。

それが全部無駄だったなんて……。疲れがドッと押し寄せてきた。

「両想いとか聞いてないんですけど……」

「両想い？　誰と誰が？」

「私と王子が」

「お前が俺を好きなんて初めて聞いたが？」

「初めて言いましたから」

「なぜもっと早く言わない！」

「それはこっちの台詞（せりふ）ですよ！」

「言わなくても態度で分かるだろう」

「分かりませんよ！」

――こうして私VS王子のファイティングが開始した。

『どちらが悪いか問題』から早々に『いつから好きだったか問題』に移行し、ファイティングは日を跨（また）ぐまで続く。

「悩んで損した……」

「私の台詞（せりふ）取らないでくれます？」

両者、疲労困憊。勝敗を決めることはできなかった。

「……はぁ、疲れた。もうどっちでもいい」

「そうですね……」

たこ焼きをたんまり食べていたが、時間が時間なだけにお腹はペコペコで腹の虫が悲鳴をあげている。

夕飯はいらないって出てきたけど、家に戻って調理場に行けば何かお夜食用意してくれるかしら。

もう少しの我慢よ～と虫に語りかけるようにお腹を摩る。

「とりあえず、これからもよろしくお願いします」

「ああ。まずは針子の手配するから三日後の午後、城に来るように」

「なぜ針子？」

「そろそろウェディングドレスの採寸しとかないとまずいだろ」

「あ～」

ウェディングドレスの存在、すっかり忘れてたわ。

それどころじゃなかったから、リミッターは崩壊していた。五段ケーキは完食してるし、たこ焼きも心のままに頬張っている。

「……太るなよ？　デザイン次第である程度はどうにかなるとはいえ限度があるからな」

「とりあえず、この前のケーキ分のカロリー消費するまで待ってくれません？」

「トレーニング、付き合おう」

「ハードめでお願いします」

「望むところだ」

一生に一度の結婚式。

採寸した時よりも太って即席のドレスで登場――なんてことはもうないだろうが、その逆も避けたいところだ。

ガバガバなお腹(なか)周りをリボンでギュッと締めて登場したところで、私の周りの人達は今さら驚かない。けれど王子の結婚式といえば、他国から来賓の方々が沢山来るわけで……。さすがの私でもリボン作戦で強行突破はアウトだと思う。

それにどうせなら最高の状態で着たいじゃない。

痩(や)せるなら採寸前！

太るなら挙式後！

こうして翌日からウェディングドレスの採寸に向けたダイエット生活が始まるのだった。

エピローグ

学園卒業の一ヶ月後——私と王子の結婚式は盛大に行われた。

もちろんダイエットは大成功で、今のところ体型維持には成功している。

スパルタトレーニングの末、すらっと体型を手に入れた私は国民達に盛大に祝われながら式を挙げた。

『グルメマスター万歳！』なんて歓声が聞こえてきたのは気のせいではないはずだ。

王族の結婚式ということで集まっていた観光客が、ぎょっとした顔で私を見上げていた。

だがその手の中にはシュタイナー家発祥の味噌じゃがの入ったカップが握られている。

お店の幟にはでかでかと『グルメマスター考案』と書かれていた。どうやらグルメマスターの名は市井にまで浸透しているらしい。

悪評じゃないからいいけど、これを機に国を越えて『グルメマスター』の名前が広がりそうだ。

そういえば『グルメマスター』って誰が付けたんだろう？　当たり前のように使われているどころか、称号化しているんだけど、発生源が未だに分からないままなのよね……

まぁ、いっか！

高位の貴族や他国の王族などのお偉いさんへの挨拶が一通り済み、一時休憩タイムになった私は、会場の端っこでひっそりとグラスを傾ける。完全に休憩はできないけれど隙間時間のＨＰ回復は重要なのだ。

あ、あそこのローストビーフ美味しそう！

少し離れたところにあるサーモンのマリネもなかなか。でもさっき軽食エリアで見かけた、たまごサンドとジャムサンドも気になってるのよね……

あんまり食べすぎると王子に怒られるのは分かっているのだが、ついつい美味しいものを見つけるとロックオンしてしまう。

「ユリアスさん！」

「ロザリアさん！」

そんなふうに会場内の食事を吟味していた私のもとへやってきたのは、ロザリアさんだった。

クリーム色のドレスはピンク色の髪とよく似合っている。可愛らしい顔立ちをしている彼女がメイクまでばっちり決めていると、主役の座を取られそうだ……って元々ヒロインは彼女だったわ。

「ユリアスは新規スチルを手に入れた」

「私の単独スチルって誰得ですか？」

「私」

「なら良かった。あ、そうそう。これ適当に見繕ってきたんですけど良かったら」

「ありがとう!!」

空腹悪役令嬢にご飯を持ってきてくれるとは、さすがヒロイン！

しかもお皿に載っているのは見事に私がロックオンしていたものばかり。遠慮なく、けれど上品に口に運んでいく。

自分の結婚式、それも王族になるのに、バクバク食べていたら、上品も何もないだろうという突っ込みは不要だ。

みんな食べているのに、新郎新婦だけ食べられないシステムは我が国では今日を以て撤廃する！

そのためのロールモデルだ。

それにこれは必要動作でもある。ローストビーフを口に入れながら周りを見回す。至るところで食事を前に手を合わせていた一部の貴族達も、私が食べている姿を見てやっと自分の分にも手を付け始めた。おそらくグルメマスターの信者なのだろう。

こんな時くらい好きに食べればいいのに……

「改めまして。ユリアスさん、この度はご結婚おめでとうございます」

「ありがとう。これもロザリアさんのおかげよ」

「いえいえ。私は三年間も待たされたもどかしさに背中を押しただけですので～」

「え？」

「ユリアスさん以外には王子の気持ち、バレバレでしたから」

「……マジで？」

「マジです」

「そっか……。迷惑かけてごめんなさい」

態度で示していただろ！　との王子の主張を無下にすべきではなかったのかもしれない。

でも本人に伝わっていなければ意味ないし、やっぱり言葉で伝える文化は大切にしていきたいものだ。

「友達じゃないですか。あれくらい迷惑だなんて思いませんよ。愚痴と言う名ののろけを聞くのも楽しかったです！」

「のろけって……。それで、ロザリアさんはこれからどうするの？　今まで通り、この街を基盤に活動していくの？」

「あ～それなんですけど、どうしようか迷ってるんですよね。正直、ユリアスさんに乙女ゲームどうのこうのって言われた時は恋愛に全く興味はなかったんですけど、ここまで見せつけられると結婚願望も湧き上がるというか……。でもせっかく異世界に来たわけで、平民なのに学園を卒業して即結婚というのも……相手もいませんし。冒険者のライセンスとチートはありますから、しばらくはのんびり仕事をこなしつつ、異世界満喫しようかな～って」

「チートで無双する異世界旅行ね！　素敵じゃない！」

異世界旅行なんて聞いただけで心が躍る。

この世界は私の知っている乙女ゲーム世界でありながら、異なる面も持ち合わせている。この国内だけでもそうなのだから、大陸中に目を向ければ新たな発見が盛りだくさんなのだろう。

「大陸のどこかにマップ固定なしの不思議な採掘場があるらしくて、そこの第九階層にある湖でカッパが釣れるって噂を耳にしたので、まずは採掘場探すのもいいかも？　なんて思ったり」

「カッパってあの尻子玉抜くやつ？」

「情報が少ないので、私もよく分からないんです。名前が同じなだけかもしれません。数少ない情報によると、釣り上げたら襲ってくるらしいです。もしテイムできたら見せに来ますね！」

「約束ね！」

カッパといえば真っ白いお皿を頭に載せてキュウリをかじっているイメージだ。

私の脳内イメージ的にはお皿と同じくらいキュウリが重要なアイテムなんだけど……。

実はキュウリってまだ未発見なのよね。カッパがいるなら、ロザリアさんがテイムする前に見つけ出したいところだ。

「見つけられるかは不明なので気長にお待ちください——と、まぁこんな感じですかね。未確定のことばかりですけど、どう過ごすにしても、これからもじゃんじゃんチャット送りますから！」

「私も送るわ！」

「それと、美味しいもの見つけたら送りますからお楽しみに」

「頼もしすぎる！」

「あと、夫ができたら自慢しに来ます！　いつになるかは分かりませんけど、ユリアスさんも引くぐらいのろけますので覚悟しておいてください！」

「いつでもばっちこいよ！」

グッと拳(こぶし)を固めたところに、タイムリミットがやってくる。

「ユリアス！」

時間的にもそろそろだとは思っていたが、王子直々に呼びに来た。

「そろそろ行かなきゃ！　ロザリアさん、楽しんでいってね」

ロザリアさんに手を振って、迎えに来てくれた王子の手を取る。

二着目のドレスの着替えが行われている最中も部屋から出ていこうとはしない王子。

手持ち無沙汰(ぶさた)なのか、窓から外を覗いては視線を彷徨(さまよ)わせていた。

「ユリアス。さっきの彼女は？」

「え？　ああ。友達のロザリアさんです」

「……そうか」

自分から尋ねてきたというのに、心なしか声色が暗くなっているような気がする。

「ちなみに大流行中の『グルメマスターエクササイズ』の火付け役、というか踊っていたところを目撃された仲間でもあります」

「……妖精じゃなかったのか」

「人の友達をなんだと……」

「いや、噂には聞いていたが、なにせ姿を目にした者が少ないからな……」

妖精ってロザリアさんのことだったのか。まさか人間と妖精を勘違いしているなんて思わなかったわ。でも謎が解けてすっきりとした。

「忙しくてあまり学園には来てなかったですからね。ロザリアさんは私の自慢の友達なんですよ。今度紹介しますね」

「ああ」

余談ではあるが『ジェシー式ブートキャンプ』もとい『グルメマスターエクササイズ』は後に、グルメマスター信者達の活躍により、学園を越えて国中で爆発的大流行をすることとなる。それをきっかけとして、王子は在学期間中に極めた運動学の知識を国のために存分に振るった。それに伴い国民の健康指数は増加。

数年後には大陸一のグルメ大国であると同時に、大陸一の健康大国として名を馳せることとなる――だがそれはまだ少し先の話。

「行くか」

「はい」

お色直しを終え、王子にエスコートされながら私は会場に戻る。

場内は歓声に包まれ、胸の中に幸せが満ちていった。

番外編

悪役令嬢の平穏な日常

「――ユリアス、お前……太ったよな？」

それは、とある昼下がりのこと。

城のバラ園でマルコス王子と二人っきりのお茶会を開いていると、彼は何の前触れもなく爆弾を投下した。

数年前――婚約者時代にも似たような台詞を吐かれたことがあるが、まさか結婚してからも言われるとは想像もしていなかった。

突然突き立てられたナイフみたいな鋭い問いに、持ち上げていたカップをソーサーに置く。そして短く息を吸い込み姿勢を正すと、その問いかけが空耳であることを祈って聞き返した。

「今、何と？」

「太ったよな？」

どうやら空耳ではなかったらしい。

つまり王子は何か意図を持ってこの質問を投げかけた——と。

しかも疑問形ではあるものの、事実を確認するかのようなイントネーションで。

実際、私も少し太ったかな？　って思い始めている。

だが学園入学前の、ゴロゴロぐーたら食っちゃ寝を繰り返していた頃ほど太ってはいない。あくまで結婚式で披露した、完璧に絞ったナイスなバディ（私基準）に比べれば若干……といった感じだ。そんな些細な違い、王子が分かるはずもない。正確な数値でも控えられていれば言い逃れはできないが、この世界には厳密な体重を知るための装置がない。

一応、私の転生前の世界よりはやや原始的ではあるものの、体重を測定するものはある。でも、さすがに電子でピピッと計測してくれる機械は中世の西洋風なこの世界には存在しない。後々開発されるのかもしれないが、とりあえず今はない。今の測定方法は天秤式だ。前世では昔の人がどんな方法で体重を計測していたのかは知らないが、この世界ではこの方法が取られている。

この世界での天秤をもちいた計測は、小学校の理科の時間で習った分銅を使った方法と似ていた。しかし一つの重りは小さいもので一キログラムである。キロ単位で誤差を生む計測方法は、さすがに一人の乙女としてどうかと思う。

しかも重りの管理は素手。前世の理科ではタブーとされていた行為だ。

理由は錆びて重さが変わってしまうからだったっけ？　あれ、手の垢が付いて変わるんだっけ？

古い過去の記憶のため詳しくは覚えていないが、面倒で指で摘んで載せたら几帳面な男子がピンセット片手にものすごく怒っていた思い出だけが残っている。

あの時はたかが一グラムの千分の一とかしか差がないんだからいいじゃん！　なんて言ってしまったが、今では分かる。

ちりも積もれば山となり、少しずつでも長年数値が変わり続けると結構な誤差になることを……

何十年素手で触り続けたのかと突っ込みたくなるその重りは錆び付いていて、明らかに適切な数値を出してはくれない。

そろそろ新しいのと変えてくれと王子に再三訴えてはいるのだが、そもそもこの国では正確な体重を知る必要性があまりない。

それこそ私のように太りでもしない限りは。

重要なのは、服を作る際に必要な各部位の周囲の長さだけなのだ。

一キログラムの誤差が当たり前な体重測定なんて御免だ！　と拒否し続けている私の詳細な体重は不明。つまり王子は確たる証拠を持ち合わせていない。証拠というものは提示してこそ役目を果たすというもの。つまり突きつけられなければいい。

「そんなことはないと思いますよ？」

太った自覚がある私は、一ヶ月先くらいの方向を見つめながら答えてみせた。

よし、完璧だ。

なのに王子からの追及は厳しくなるばかり。

言葉なんて発さなくても突き刺さる視線が、疑いの強さを物語っている。

「俺の目を見てもう一度その台詞を言えるか？」

「……太りました」

目さえ見られなきゃ、証拠もないし逃げられると思ったのになんで分かったんだろう。

ゆっくりと視線を王子のもとに戻すと、そこには鬼教官のような王子の顔が——

「妊娠中は我慢しろと言っただろうが！」

いや、未来のお父さんか。

学園を卒業してからすぐに婚姻を結んだ私達だったが、国内の至る地方を巡り、ここ数年で交流を密にした諸外国との外交を行いと、とにかく公務に勤しんできた。

二人揃って一年もせずに落ち着くだろうとタカを括っていたのだが、想像以上に『グルメマスター』の名前は大きかった。まるで宗教のように各地に広がっており、どこへ行っても歓迎され、泣き出す国民もいたほど。要所だけ回る予定だったのに、やれあこの領地には回っただの、こちらにはいつ来るのかだのと噂が飛び交うようになる。それがマウント取り合戦だったら、そんなものだと流せばいいだけだ。

だがいつの間にかできていた『グルメマスターの教え』の一つ、平等の精神が仇となる。どこどこの領から順番に回られているのだろう。他の公務との兼ね合いもあるのだろう。まだ結婚して間もなく、忙しいからうちの地域には回ってきていないだけだろう——などなど。

とにかく耳にした噂のほとんどが、私達が全ての地域を回ることを疑っていなかったのだ。

そもそも私は『平等の精神』を筆頭に、教えなど説いた覚えはない。なんならグルメマスター教なんて変な宗教を作った覚えもない。そして銅像を建てる許可を出したつもりもない。

一体発祥はどこなんだと突っ込みたくなる気持ちを抑え、時間の合間を縫っては全ての地域を訪問した。

大変ではあったが、グルメマスターで良かったと思えることもあるにはあった。

「あなた様にお会いできるなんて……」

各地を周り始めて半年が経った頃、涙を浮かべて私を拝む男性に会ったのだ。その姿には見覚えがあった。

「久しいな、ルーベルト」

「マルコス王子もご立派になられて」

私の推し、ルーベルトだ。

まさか王都から遠く離れた領地で宿を経営しているなんて……

ゲームで見た時よりも随分と肌が日に焼けて、健康そうに見える。学園の司書を辞めてから、こちらに越してきたらしい。今は美人な奥さんと三人の子ども、義理の両親と共に暮らしているのだとか。

「ご紹介いたしますね！」

宿に戻り、家族全員を連れてきてくれた彼は本当に幸せそうで、思わず目が潤みそうになった。

だって私には推しを眺めることしかできないもの。学園司書として、残っていたとしても本好きの彼には幸せな人生だっただろう。けれど、今彼が抱いている幸せとは少しだけ形が違ったはずだ。実際、奥さんとの出逢いを語る彼は恥ずかしそうに頬を掻きながらも、ヒロインに向けていたものとは異なる笑みを浮かべていた。

画面越しのものよりもずっと柔らかく、それでいて自然な表情だ。

「妻との出逢いは、グルメマスターのお店でして……」

しかも、推しの幸せに間接的にでも私が関わっていたなんて！

オタク冥利に尽きるというものだ。

この瞬間、初めて自分がグルメマスターと呼ばれるような存在で、お父様が勝手にお店を出店していてくれて、良かったと感謝の気持ちが湧き上がった。

だって彼の新ボイスとスチルまでゲットできたのだから！

「尊い……」

「は？」

神様ありがとう。

乙女ゲームシナリオが終わった後ではあるものの、ルーベルトに出会えたことに感謝し、神に祈りを捧げる。

そのため、城に帰るとすぐに神棚作製に取りかかることにした。城に越してきてからずっと忙しいと先延ばしにしていたが、ここまでサービスされては忙しさなど先延ばしをしていい理由にならない。正式な神棚に何を用意すればいいのかは分からなかったので、とりあえずお酒、お塩、お花を用意した。

残るはご神体。

ご神体は神が宿るとされる木か何かを彫って作るのが一番だろう。各地を回っていた際にも何度かその手の情報を耳にしたことがある。だから入手場所には何ヶ所か覚えがあったのだが、グルメマスターの権限を使うようで気が引けた。だってあの人達、私が言ったらどんなに大事なものでも、どうぞどうぞって差し出してきそうな勢いなのだ。だからご神体は自分で作ることにする。

こういうのは気持ちが大切だから！

自作したところでボコボコになる可能性の高い木のご神体よりも、少しは作り慣れているテディベアに決め、ご神体テディを作製することにする。さすがに神が宿った〜なんてものは存在しない。代わりに布は少し良いものを用意した。

商人が城を訪れた際、手触りの良い赤茶色の布を見つけたのだ。

「マルコス王子、あの布が欲しいのですが……」

「ドレスにするのか？」

「いえ、ご神体にするんです」

「ご神体？」

首を傾げる王子に「買ってください」とストレートにお願いし、一反まるまるプレゼントしてもらう。ついでに中に入れる綿も頼んだ。

「それもご神体に使うのか？」

「はい」

この世界ではご神体というと、木製・石製が一般的である。だからなぜ布を使用するのか不思議だったらしい。

だが「できたら見せてくれ」と言うだけで、それ以上は聞かなかった。興味がないのではなく、私の行動の意味を深く考えても無駄だと悟っているのだ。

糸と針、厚紙も用意してもらって、型紙も作る。

手先は器用ではなく、バラの刺繍を施せばハンカチの上に赤と緑の塊を作ってしまう私だが、テディベア作りは得意なのだ。若干縫い目が汚くとも布をひっくり返せば見えないし。何より、前世では文化祭の度、バザーにテディベアを出品していた。毎年小さい子達が買ってくれるそうで、嬉しさから最後の年は一人で五体も出したものだ。なので慣れている。前世を思い出しながらチクチクと縫い進めていった。

公務もあるため、途中何度も中断したものの、旅先ではワインやお洋服に使えそうな布を手に入れることができる。ワインは神棚に御神酒として捧げ、お洋服は何パターンか作成した。神様のおうちも用意しようと思ったのだが、いかんせんご神体がテディベアだ。それに合うようにと、商人から買った小さなチェアを飾ることにした。ちなみにお花は城の庭園に咲いているものを、お供物は果物やお菓子を飾った。

想像以上にメルヘンなものができあがる。神棚というよりも祭壇に近いかもしれない。

「可愛いな。首元にリボンを飾ったらどうだ？」

「いいですね！」

「ならそれは俺が用意しよう。せっかくだし、小さな宝石でも付けるか」

王子も気に入ってくれたらしく、翌月にはご神体テディ用のリボンが完成した。瞳と同じ色をしたガーネットだ。

王子にとっては、この神棚は私が突如として作り出した謎の物体にすぎないだろうに……。私と一緒にお祈りを捧げたり、お手入れを手伝ってくれたりと協力的だ。

その甲斐あってかどうかは不明だが、神棚が完成してから数ヶ月が経った頃にはご神体が動くようになった。少し身体の向きが変わっていたり、座る場所が違ったり。はたまたお洋服が少しはだけていたりした。何度直しても、また数日後には似たようなことが起こる。

お洋服は一度起きたら毎日続く。どうやら気に入るものと、気に入らないものがあるらしい。肌触りや色・形などに好みや季節ごとに着たい服があるのか、他のものに着替えさせてあげると大人しく着てくれた。

また神様も味が分かるのか、シュタイナー家に遊びに行った日に持ち帰ったラッセルのお菓子をお供えすると妙に機嫌がいい。なんというか、目がキラキラしているように見えるのだ。私の目の錯覚かと思ったのだが、城のメイドさん達からも「なんか今日はご機嫌ですね」との言葉を何度ももらっている。

この世界の神様はオシャレさんで、グルメでもあるのだろう。

もしも本当に神様が宿ってくれたとして、願いを叶えてくれているかは分からない。けれど二回目の人生で、マルコス王子と出会えて、ロザリアさんとも会えて、前世の推しのルーベルトの幸せな姿も拝めた。前払いで、もらいすぎというくらいに幸せをもらっている。

だったら後はお供物を捧げ、気が向いた時にでも声を聞いてくれると嬉しい――なんて少し欲張りすぎだろうか？

でも願うくらいは自由でしょ。

一応、布教活動のようなものは行っている。もっとも、それを自主的に行っているといえば語弊がある。なにせ布教するきっかけを作ったのもまた神様なのだから。

それは初めてご神体を飾ってから一年が経った頃のこと。朝起きるとご神体が床に落下していたのだ。この世界には地震はなく、誰かがぶつかった形跡もない。万が一落としたところで、城中の誰もが私がご神体テディを大事にしているのを知っているため、そのまま放置しておくとは考えづらい。

それにご神体が動くのはよくあること。これも何かしらのメッセージだと、王子や使用人と共に三日間も考えた。その間、ご神体は何度も落下していた。頭を抱えた私達は『ご神体は外に出たいのではないか？』との結論を導き出す。だから各地を巡る度に連れ出したのだが、どうも違うらしい。

そして、何度も落ちたせいか少し薄汚れてしまった。ご神体である以上、他のテディベアのように洗うわけにもいかない。だから私は新たなテディベアを作り、二体のテディベアを神棚に飾った。

「お洗濯したいので、一時的に新しいほうに移ってください」

そう願い続けると、五日後には落ちることがなくなった。そして古い方のテディベアは微動だにすることがなくなったのだが、代わりに新しいほうのテディベアが動くようになる。一時的にお引っ越ししてくださったようだ。急いでランドリーメイドに頼んで綺麗に洗ってもらい、シャボンの香りに包まれたテディベアを神棚に飾り直す。

「綺麗になりましたので、どうぞお戻りください」

この前と同じように頼んだのだが、今度は移ってはくれなかった。どうやら新しいご神体を気に入ったらしい。空っぽになったご神体テディは神棚から下ろし、寝室に飾った。するとその夜、夢の中で初代ご神体テディが「教会に寄付しろ」と伝えてきたのだ。

ただの夢と片付けるべきかと悩んだ末、私と王子は王都の教会に寄付することにした。孤児院も併設されており、子ども達も多い。夢での啓示云々はさておき、きっと喜んでくれることだろう。そう思ってのことだったのだが、ご神体テディを私達が寄付してからというもの、教会に寄付金が山のように集まるようになった。

グルメマスターの願いがこもったテディベアが寄付されたという噂が光の速さで伝わったらしく、国中の人が拝みに来てお金を置いていくのだとか。特に貴族からは莫大な額の寄付金があるらしい。

恐るべしグルメマスター信者。

グルメマスターへ捧げられたお金として私のもとへ持ってこられたこれらは、全て各地の教会修繕費と孤児院新設費、貧困者へ向けた炊き出し費用に充てさせてもらった。

この一度きりだろうと思っていたのに、この国の神様は大層飽き性のようで、大体一年が経過した頃にはまた落下し始める。だから再び寄付をし、また寄付金が増えていく。

お金が貯まっていく一方なので、さすがに他の形で還元せねばということで全国民にジャムを配ることにした。本当は大規模食事会を開こうと思ったのだが、王都にほぼ全国民が押し寄せることになる。そこまでのキャパシティはないと却下されてしまったのだ。

ジャムだったのは保存が効くため。

私は各地を巡った際にいくつか美味しそうな果実に目を付けていたので、そこから三種類選出してランダムに配布した。

その月のうちに城に大量の寄付金が押し寄せたのは言うまでもないだろう。

使っても使っても増えていく一方なので、災害時に使うためのお金としてプールしておくことに決まった。

◎　◎　◎

教会のテディベアが四体になった頃、やっと公務も一段落つき、落ち着き始めた。

そんな時、私の妊娠が発覚した。

国王陛下と王妃様、そして私の両親にタイロン、ロザリアさんも喜んでくれたが、一番喜んだのが王子だ。

「やっと、やっと子どもが……」

瞳を潤ませて感動し——速攻で宮廷医師と共に私の体調管理の話し合いを始めた。

そして結婚してから運動に付き合わされはしたものの、野放し気味だった食生活管理に燃え始めた、と。

翌朝、城の使用人を集めて説明会を始めた時は若干引いてしまったが、今では初の子どもに浮かれているのだなと温かい目で見守ることができている。できているのだが……正直、学生時代の鬼教官王子が再発するとは思っていなかった。

多分太ったとしても、バレる前に痩せればいいかな！　って思っていたのだが、どうやら痩せるよりもバレるほうが早かったらしい。

なんで気づいたんだろう？

少しゆったり目のドレスを選んではいるものの、妊婦だからかな？　で流されると考えていたのに……

王子の観察眼、侮れないわ。

「すみません。美味(おい)しそうだったのでつい……」

仕方ないと諦(あきら)めて、早々に降伏宣言を出す。

「それで、どこで食べたんだ？」

「黙秘権を行使します！」

「なら聞き込みを開始するだけだ。大量に食事を摂取できるのは俺が不在の時に限られる。つまりは公務中もしくは外出中。だが、城の者には調理人・メイドはもちろん庭師に至るまで絶対に規定以上の食事やお菓子をあげるなと伝えて管理は徹底して……って

おい、なぜ目を逸(そ)らす!? まさかあいつら！」

「責めないでください。みんな少しずつなんです！」

結論に行き着くまで早すぎる！　前世で有名だった名探偵達も真っ青な推理スピードだ。

なんでバレたの!?

「やっぱりそうか！」

この鬼教官改め探偵には口をつぐむだけ無駄なのか？

父親になると分かると、男の人はこんなパワーまで開花するものなのだろうか。

それとも王子の潜在能力が開花しただけ？

どちらにしてもちょっとした隠し事すらできなくなるなんて恐ろしすぎる……

そんな能力を発動させられたら、ベッド下に隠しているロザリアさんがくれたご当地おやつもいつかバレそうだ。

落ち着いた時にでも食べてくださいね～って言って、賞味期限の長そうなものをセレクトしてくれたのに！

「みんな、これくらいなら規定に収まるはずだから……って気を使ってくれましたよ。もらったらその場で食べたほうが喜びますし、他の方からももらってるなんて言い出せなかったんですよ」

「抜け穴を狙ってきたのか！　全く夫である俺が我慢しているのに何やっているんだ！」

「あ、怒るポイントそこなんですね」

「当たり前だろう！　ルークや医者に会う度に食わせすぎるなと言われ続ける俺の身にもなってみろ！」

どうやら王子探偵も、私に食べ物を与えた方法までは推理できなかったようだ。

探偵さん達が廃業しなくて良かったとホッと胸をなで下ろしつつ、ルーク様にまで釘を刺されている王子を想像してほっこりしてしまう。

ルーク様は王子のご友人で、シュタイナー家と並ぶ名家、リスタール家のご子息である。ゲームではユリアスとは幼い頃から幾度となく顔を合わせていることになっていたが、王子に友人だと紹介されるまで、私が彼と会ったのはわずか数回。それも前世の記憶が戻るよりも前のことだ。理由は簡単。私が引きこもったから、と言いたいところだが、それ以外の理由もある。

ゲームの中では同じ王立学園に通っており、攻略対象の一人でもあったルーク様だが、現実世界ではなぜか同じ学園に入学していなかったのだ。

どうせ断罪されるし、細かいことはいいやとスルーしていたが、話を聞いてみればどうやら三年ほど隣国の学園に通っていたらしい。

それも食の親善大使として。

意味が分からない。

いつの間にそんな枠ができたのかと聞くと、シュタイナー家の料理、つまりは私が要因だと言われ、口をつぐむしかなかった。

だが彼がいたおかげでバードル伯爵領の件は穏便に話がつけられたようだ。ルーク様の活躍により、隣国でも着々と増えつつあったグルメマスター信者が力を合わせ迅速に片付けてくれたらしい。

私がそのことを知ったのは結婚してだいぶ経ってからのことだ。

王子が私の耳に入らないようにしてくれているのだろう。王子に何度詳細を聞き出そうとしても「安心しろ。どこの国にいてもグルメマスター信者はみんな、信仰があつく、優秀だ」しか言わない。一体何をどうしたのかは不明だ。深く踏み入っては後々に関わりそうだと判断して、ルーク様に感謝だけして忘れることにした。

そんなゲームシナリオと違う道を進んでいたルーク様だが、ゲームと同じく社交的かつマルコス王子と仲が良いようで安心した。ちなみにゲームで存分に発揮されていた優しさは、今では悪役令嬢の私にも向いている。

なんとルーク様はお近づきの印にと隣国のパティシエールと共同開発した、未発表のお菓子を持ってきてくれたのだ。王子には思いっきり睨(にら)まれていたが、とても私好みの、いいピスタチオデザートだった。

ユリアス自身とは初対面ではないものの、前世の記憶が戻った私と初対面を済ませたルーク様には好印象を持っている。いや、お菓子をくれたことよりも、王子と話す姿が好意的に思えたのだ。

王子がルーク様の話をする度に思わずほっこりしてしまう。

「美味(おい)しいものを見つけても詳細に書き連(つら)ねるだけにとどめるのが、どんなに辛(つら)いことかあいつらは知らないに違いない」

ぼそぼそと愚痴を零す王子の頬が、少しだけぷっくりと膨れている。

まさかこの年になって王子の膨れっ面を拝める日がくるとは……可愛すぎるんですけど！

無自覚なところがなんとも心をくすぐられる。

王子が私を好いてくれると分かるまではこんな感情、湧き上がってくることなんてなかったのだが、恋とは不思議なものである。

それも私のため、って言うんだから嬉しくないはずがない。

「そんなことしているんですか？」

「ああ」

「子どもが生まれたらその美味しいもの一覧って開放されます？」

「ユリアスの身体と医者に相談しながら少しずつになるけどな」

「出産後の楽しみですね！」

「俺ばかり美味いものを食べ続けるというのはどうにも……本当なら今すぐにでも食べさせてやりたい」

「その気持ちだけでも十分嬉しいですよ」

この人と一緒になれて良かったなと改めて思う。

相変わらず運動に付き合わされるし、嫉妬深い一面もある。

でも好きな人が自分を好いてくれる、それだけでこんなにも心が満たされるものなのだ。

「なら今後もらったものはしっかりと持ち帰ってくるか断るように」

「うっ」

「いいな？」

「はぁい」

食事制限は辛いけど、これも生まれてくる子どものためだもの。健康に生まれてきてほしいし、母親として少しは我慢も必要なのだ。お腹を撫でつつ、お母さん頑張るからね！　と心の中で決意を固める。

「ああ、それと……」

「なんです？」

まだなんかあるの？

顔を上げると、にっこりと微笑む王子と視線が交わる。

え、なんか不気味なんだけど……

食べ物もらった以外に怒られるようなことあったっけ？

記憶を巡らせているうちに、笑みを深めた王子がゆっくりと口を開く。

「爆食いさせたのは誰だ？」

「え？」

「少しずつしかもらっていないならそこまで太らないよな？」

「あ～。それは、その～」

「タイロンか？」

「……はい」

あんまり爆食いをしたって自覚がないからすっかり忘れていた。

だが、タイロンとのお茶会での爆食いは不可抗力だったのだ。どうしても私が大量のお菓子を一人で食べきらなければいけない深い事情があった。

「なぜラッセルは止めなかったんだ！　ってここで言ってもラチがあかないな。今からシュタイナー家に行ってくる」

「タイロンなら今、留守ですよ」

「なら明日」

「多分、明日もいませんよ。私があの子と会えたのも、ほんの半刻もないほどの時間でしたから」

「確かに留学から帰ってきたばかりだが、そんなに忙しいのか？　報告書を提出するようにとは伝えてあるが、そこまでスケジュールに余裕がないようだったらルークに話して調整させるが？」

「あ、いえ。あの子は私と違って優秀ですし、頭の回転も書類の処理も速いですから報告書のほうは今の締め切りでも問題はないと思います。ただ……」

「ただ？」

「ちょっと厄介なことが起きているらしくて」

そう、弟、タイロンの身には少し厄介なことが起きている。

この数年で心も身体も随分と立派に成長した彼が半年間の留学先で遭遇してしまった厄介事が、母国に帰ってきてからも続いているのだ。

「厄介なことだと？　それはあのタイロンがユリアスとの交流時間を減らすほどに重大なことなのか？」

「いくらあの子がこんな姉を慕ってくれているにしても、さすがに我が身の可愛さには勝てませんよ」

「タイロンの身に一体何が起こっているんだ!?」

「数年前に私に起こっていたのとは逆パターンのことです」

「？」

首を傾げる王子だが、これは私とロザリアさんにしか分からない問題だ。

まさか私達の他にも転生者がいただなんて……。それも悪役令嬢の弟役——つまりはちょい役として登場していたタイロンの筋金入りのファンだなんて、誰が想像できるだろうか。

シリーズの二作目の舞台、隣国の学園で攻略対象となるタイロンは、所謂ショタキャラだった。それも公爵家の長男でありながら父親に血の繋がりを疑われ、幼少期から冷遇されていた少し影のある存在。

そこがファンの中では人気だったわけだが、この世界のタイロンは特に家族から冷遇されることはなく、むしろ留学の話が持ち上がった際には、半年も他国に行っていて寂しくないか？　期間を短くしてもらうように話をつけてこようか？　と家族から心配されるほど愛されている。もちろん私も心配した一人だ。さらに言えば私と王子の影響か、よく食べよく寝てよく動いた結果、今では王子の身長を頭一つ分抜いている。

顔立ちも可愛い系から爽やか系イケメンへと変わり、今ではショタの面影などどこにも残っていない。

本来ならば、転生者はここで引き下がると思うだろう。だがこの転生者もとい二作目のゲームヒロインさんは「数年後のタイロン！」とタイロンには意味不明な言葉と共に抱きついてきたらしい。

定期的に意味不明な言葉を口にする姉を持つタイロンも、さすがに電波系の見知らぬ女性には恐怖を抱いたようだ。

留学中は同じ留学生や他の生徒達に守ってもらいつつ、猛攻を凌ぎ続けたのだという。そしてやっと解放されると思っていたら、国を跨いで追いかけてきた——と。

話だけではその少女が本当に転生者かどうかの確証はなかったのだが、シュタイナー家を訪問してきた少女の存在を確認した私は、信じざるを得なかった。

「僕はもう行くよ。あの女はどこから僕の居場所や人との接触を特定してくるか分からないから。だからお姉様、絶対にそのお菓子を一人でこの部屋で食べきって！」

「え、ええ」

居場所を特定されるとか怖いんだけど……

だが玄関方向から聞こえてくるものは見知らぬ女性の声で。

「私のタイロンがここにいるのは分かっているんだから！　性格の悪い悪役達の巣窟から彼を救い出すのは私の使命なの!!」

甲高い声でうちの家の使用人を責めたてるヒステリックな姿は正気とは思えない。

そして同時に理解してしまった。

彼女の中でのシナリオを完全に終わらせる以外、タイロンが逃れる道は残されていないのだと。

一作目の悪役令嬢に転生した私はハッピーエンドを迎え、ヒロインに転生したロザリアさんは冒険者エンドを迎えた。

だが、これはあくまで乙女ゲームのシナリオが全て終わった段階での話。

ロザリアさんだって学外でいい人がいるかもしれないし、案外今後、攻略対象者といい仲になるかもしれない。

では乙女ゲームのシナリオが初めから壊れている段階で転生した彼女のシナリオは一体どこがゴールになるのだろうか?

少なくとも彼女は、一年間は余裕があると踏んでいた推しがたった半年で去り攻略不可になるのを許すつもりはないのだろう。

「まぁこればかりは姉の力を以てしてもどうしようもできません。タイロン本人が選択し、道を選んでどこかのエンドに持っていかなければ終われないんですよ……」

姉として守ってあげたいけれど、前世の乙女ゲーム知識をフル活用しても彼女の行動を先読みすることは不可能だ。

「はぁ……」

王子は意味が分からないと首を傾げているが、これは別の世界から来た者にしか理解できないこと。いや、同じ世界から転生してきたと思われる私にも、正確には理解できない案件なのだ。

今現在、私達が選べるコマンドは『傍観』ただ一つ。だが、負担を減らすことなら可能だ。

「ということでタイロンは今、すっごく忙しいので責めないであげてください」

「よく分からないが、今後タイロンからも俺が把握していないところではおやつをもらわない、もしくはもらったものをしっかりと報告することを約束するならいいぞ」

「それは大丈夫です！」

「ならしばらくはお菓子関連を調整してもらうことにして、とりあえず、今日は子どもに影響のない範囲で軽く身体を動かすか」

「は～い」

タイロンごめんね！　と心の中で謝罪する。直接応援ができない代わりに、とあるものを用意している。

「ところで、ユリアス。机に置かれている板はなんだ？」

「護摩木です」

今朝、使用人に頼んで木材を少し分けてもらったのだ。

「護摩木（ごまぎ）？」

「神様への手紙みたいなものですよ」

「なら毎日書けばいいんじゃないか？」

「たまに書くからいいんです」

「そういうものか？」

「そういうものです」

詳しいことは知らないが、神様だってあんまり頼られても困るだろう。私も現状で満足しているつもりだったし、今後もそれほどこの手段を使うつもりはない。だがしかし、大事な弟が人生の岐路に立たされているのだ。神頼みくらいはさせてほしい。

護摩木（ごまぎ）と共に用意した毛筆にインクを吸わせ、木の板に落とす。

『タイロンが望む結末を迎えられますように』

書かれた文字に王子は首を傾（かし）げているが、神様ならばきっと理解してくれるだろう。よく乾かした後で、神棚に飾る。パンパンと強めに手を叩（たた）き、お願いしますと強く念じた。

まる一日飾り、明日の夕方に使用人に頼んで燃やしてもらう予定だ。神社やお寺で行われていたお護摩(ごま)のようなもの。本当は決められたやり方があったり、執り行う役目の人がいたりしなければいけないのかもしれない。だが残念ながら、私は正確なやり方を知らないのだ。だからあくまで形だけ。お護摩(ごま)に似た何かにすぎない。

王子は神棚に新たに加えられた護摩木(ごまぎ)をじいっと眺めると、おもむろに口を開いた。

「そういえば前々から気になっていたんだが」

「なんです？」

「幼少期に手紙を書いていたのは誰なんだ？」

「手紙ですか？」

「ああ。引きこもり始めてからいきなり字が変わっただろう。初めは使用人が書いているものだと思ったのだが、この字はユリアス自身の字だ。なら、前の手紙は一体誰の字なんだ？」

言いたいことは分かる。遠回しではあるが『あの汚い字はどうしたのか？』と聞きたいのだろう。

まさかこの年になって、記憶を取り戻す前の、ユリアス百パーセントだった頃にも気にしていたことを聞かれるなんて。

今まで何も言われなかったから気にしていないんだと思っていた。だが、わざわざ忘れかけていた傷に鋭いナイフを突き立てることはないだろう。

「私ですけど？」

ついつい言葉尻がキツくなってしまうのは、仕方のないことだ。

「は？」

「字が汚いことは、それよりずっと前から自覚していたんです。だから手紙を出すのも嫌で……。引きこもり始めたら時間ができたから頑張って直したんです」

ミミズののたくったような汚い字であることは自覚していて、ずっと直そうと頑張ってはいた。実際、レターボックスの中には、大量の練習した跡と送ることをやめた手紙が残されていたのだ。記憶を取り戻してからも直すのはとても苦労した。王子の手紙やレターボックスに入っていた他の貴族から送られてきた手紙を真似て頑張って習得したものだ。

ぐーたら過ごすと決めた私だったが、記憶を取り戻す前からずっと気になっていたことだけは放置できなかった。

「ユリアスは、自分の字を気にしてあまり手紙を出さなかったのか？」

「そうだって言っているじゃないですか」

今だって綺麗だなんて思っていない。それでもあの頃よりはずっとマシだ。だからと言って積極的に手紙を出したいとは思わないが。

「そうか」

私の古傷をえぐった王子はどこか嬉しそうで、無性に腹が立つ。だから私も昔から聞こうと思って胸のうちにしまっていた疑問を投げつけた。

「王子はなぜいきなり筋トレを始めたんですか？　元々そんなに筋肉とか興味なかったのに、いきなり脳筋になって」

投げつけてから、全く嫌みになっていないことに気づく。

気になっていたのは確かだし、まぁいっか。

けれど王子には効果抜群だったようで、顔を真っ赤に染めた。

「それはその……」

「なんでですか？」

なんだかそれが可笑しくて、ズイッと顔を寄せる。けれど王子の口から出たのは予想外のワードだった。

「お姫様抱っこを」

お姫様抱っこって、あの前世にあった少女漫画とかでちょくちょく出てくる、ヒロインを横抱きするやつのこと？

　もしかして王子は胸のうちにお姫様願望があったのだろうか？

　王子が一体どこからお姫様抱っこなるものを知ったのかはともかく、王子のしごきのおかげで私もそこそこ筋力がついている。ご希望とあらば、その夢を叶えさせてもらうつもりだ。

　隠さなくても言ってくれれば良かったのに。

「王子、どうぞ」

　両手を開くと、王子は「はぁ……」と大きめのため息を吐いて、額に手を当てた。

「遠慮しなくていいんですよ？」

「俺がされたいんじゃない。したいんだ」

「へ？」

「ユリアス、来い」

　空いた王子の胸元に訳も分からぬまま身を委ねる。するとすぐに足が宙に浮いた。

「やっとできた」

　嬉しそうに微笑んだ王子はその後、私を横抱きにしたまま城中を闊歩する。意味も分からず首をひねる私とは正反対に、王子は終始ご機嫌だ。

　どうやら王子は本当にお姫様抱っこがしたくて筋トレを始めたらしい。

翌朝。長年の希望を叶えた王子と共に神棚に飾ってある護摩木を燃やそうと手に取った。すでに準備はできている。私は早速その場所に向かおうと足を踏み出すが、王子は立ち止まったまま、私の手元を見つめている。

「どうかしたんですか？」

「裏側に何か書いてないか？」

「え？」

ひっくり返すと、確かに小さな文字が書かれている。じいっと見つめれば、まるでお手本のような文字で『ラッセルのアップルパイを欲す』とだけ書かれていた。もちろん私が書いたものではない。視線を隣に移しても、王子は不思議そうに眺めている。彼でもないのだろう。残るは……と視線をご神体テディへと向ける。するとテディベアの手には小さなシミがあった。

王子に神様への手紙みたいなものだと説明したが、まさか返信があるとは思っていなかった。

「神様もおやつリクエストとかするんだ……」

しかもご丁寧に『ラッセルの』なんて作り手まで指名しているところから察するに、よほど食べたかったのだろう。

「早速今日にでもラッセルに作ってもらいますね。あと、書くものをここに置いておきますから、また何かあったら書いてください」

ご神体に話しかけるように告げてから、書き損じた時のために多めにもらっていた護摩木とペンを神棚に置く。宣言通り、その日中にアップルパイをお供えした私は再度祈りを捧げた。後は、母親としての役目を果たすことに専念するだけだ。

◎　◎　◎

アップルパイを捧げた数ヶ月後。

その後も何度か神様のおやつやお洋服のリクエストに応えた私達のもとには元気な男の子が生まれた。今、城にはその子どもを抱くタイロンの姿がある。

近況を聞くと、学生生活を送りながら次期当主として父の仕事を手伝っているらしく、忙しいながらも充実した毎日を送っているらしい。笑顔で話してくれる弟に私は、あれ？と首を傾げた。

「ねぇ、タイロン。もしも嫌だったら話さなくてもいいんだけど」

「どうしたの？」

「前にうちまでやってきた女の子、もういないの？」

「ああ。あれね、大丈夫。もういないよ」

ワントーンほど低く下がった声に、失言だったかと悟る。けれどタイロンの姉として、そして同じ転生者として聞かずにはいられなかったのだ。

タイロンは見事にシナリオを振り切って逃げられたのか。

ホッと胸をなで下ろし、弟に笑顔を向ける。

「それは良かった。私は何もしてあげられなかったけど、タイロン大変そうだったから心配してたのよ」

「そんな、お姉様が気にすることじゃないよ！」

「大事な弟のことだもの。心配くらいさせてちょうだい」

「お姉様……。でも本当に大丈夫だから！　もう、全部終わらせたから」

ふわっと浮かべたその笑みはいつもの優しいタイロンのものなのに、ほんの一瞬だけゾッとしてしまったのは、あの少女が狂気じみていたせいだろうか？

分からない。

けれど確かに分かるのは、シナリオを振り切ったタイロンがここにいてくれているということ。

それだけ分かればいっか！

深く考えることをやめた私はのちに、この表情が二作目のタイロンルートのエンディングの一つ『アブノーマルエンド』で見たものだと思い出すことになる。

ファンの間で『黒タイロンエンド』と呼ばれるエンディングで、タイロンは自身を冷遇し続けた家族への復讐と、主人公を監禁するための場所の確保を果たす。ちなみにその家族の中には見事断罪エンドを逃れた悪役令嬢もおり、前作よりも悲惨な道をたどるのだ。

そのことを思い出した私はなぜこんな重要なことを忘れていたのだろう……と恐怖で身体中の穴という穴から汗が噴き出す。けれどパニック状態の私のもとに現れた現実のタイロンはといえば暗い影もなく、家族思いの良い弟だった。

この子はゲームとはまるで違う存在なのだ。そう気づくと私を襲う恐怖はどこかへと消え、家族への愛おしさだけが残った。

それからごくたまに『黒タイロン（仮）』と遭遇することもあるが、彼が家族に危害を及ぼすとは思えない。それどころか『大好きな家族のためにもっと頑張らないと！』と意気込むタイロンは、お父様と共に、日夜シュタイナー家の繁栄、もといグルメマスタービジネスの拡大に励んでいる。

一体いつ、どこでタイロンの性格分岐が済んだのかは、依然として不明のまま。

けれど断罪エンドをスルーし、ハッピーエンドを迎えた悪役令嬢な私の日常は今日も平和そのものだった。

書き下ろし番外編

グルメマスター祭

子ども達をようやく寝かしつけると、王子から話があると切り出された。

来月には娘の誕生日がある。その日で一歳になるのだが、まだがっつりとは食べられない。そこで少し前からラッセルに相談して、幼児用のレシピを作ってもらった。ケーキもバッチリだ。プレゼントもテディベアと決めてある。

すでに話が固まっていると思っていたが、まだ詰めたいところがあったのだろう。そう思って二人の寝室へと向かった。そこで切り出されたのは意外な言葉だった。

「グルメマスター祭を開催してほしいとの要望が上がっている。結婚前から要望はあったのだが、今まで忙しかっただろう。だが、そろそろどうかと陛下から提案されたんだ。そこでユリアスの意見を聞かせてほしい」

「意見を出すのはいいのですが、そもそものグルメマスター祭ってなんですか？」

「グルメマスター、つまりユリアスに感謝を捧げる祭りだ。今上がっている要望で一番多いのは料理コンテストだな。それからドレスデザインコンテストもあったほうがいいとか。ルークとタイロンによると、国外からも是非にとの声があるそうだ」

「料理はともかく、なぜドレスデザインも……」

「は？」

「ユリアスのドレスを担当した者は成功していくらしい」

「グルメマスターのドレスということで注目が集まるから、デザイン性と腕の良さはもちろん大事だ。だがユリアスの服の場合、仕立ての速さも求められる」

「なるほど」

　最近はそうでもないが、以前は太ってドレスが着られなくなることも度々あった。また王子のトレーニングにより、少しぶかぶかになってしまうことも。

「ドレスが入らないから」というのは絶好のお茶会お断りワードだったのだが、王子妃となったからにはそうはいかない。そこで私のドレスは常にサイズ違いがいくつかストックされるようになっている。

　調整してもらい、なるべく全てに腕を通すようにはしている。個人的にはそれで満足、針子もドレスの注文数が増えて満足。ウィンウィンな関係で終わっていると思っていたが、続きがあったらしい。プラスになっていて良かった。

「ドレスは着る専門ですが、名前を貸すくらいならいいですよ」

「最終審査はユリアスにやってほしいそうだが、これは上位入賞作品をユリアスが着ると変更しておこう」

「まぁ着るだけなら。あんまり装飾品が付いているのはやめてくださいね」

「そこは問題ない。審査はユリアスの針子と侍女が行う。彼女達ならユリアスの好みを熟知しているからな」

「それなら安心ですね！　料理のほうは誰が審査するんですか？」

「ラッセルと彼の友人、それに弟子達だ。タイロンの計画書では、彼らにはコンテストの参加権はなく、審査員か祭り当日、屋台を出店してほしいと声をかける予定と書かれている」

私は王子が胸元から取り出した計画書を見せてもらう。タイロンが書いたというその企画書は綺麗にまとまっている。しかもシュタイナー家の取り分を計算した式まで載せられていた。

「タイロン、こんなに立派になって……」

嬉しい気持ちがぐっとこみ上げる。さすがはシュタイナー家次期当主。結婚する気はまるでないらしく、私がもう一人産んだらその子を養子にするつもりであること以外は本当にしっかりとしている。

いや、先を見通して計画をちゃんと立てている分、しっかりしているのかも。お父様もお母様も王子も陛下も王妃様だって納得しているし。私もタイロンのことが大好きだけど、もう少し女の子に意識を向けてほしい。

といってもルーク様と一緒に各国を飛び回っているあの子には、一人の女性としっかり向き合うような時間はあまりないのかもしれないけれど。本人は生き生きとグルメ外交を行っているが、忙しいのも考えものである。

「お手伝いしてもらえないかと声をかける方のリストってありますか？」

「あるぞ。何に使うんだ？」

「お手紙を書くんです。審査ではあまり出番はないかもしれませんが、名前を貸す以上はちゃんと働かないと」

「直筆で？」

「当たり前じゃないですか！　気持ちは大事ですよ。それに私だって頑張って綺麗な文字が書けるようになったのは、王子も知っているでしょう？」

「前の文字もよかったがな」

「私が嫌なんです！」

昔よりもマシとはいえ、丸っこい字は公式文書には合わない。王子だけに見られるならまだしも、国民全員に見られるかもしれないのだ。ちゃんとしなければと頑張った……後に代筆という手段があることに気づいたが。

私も転生した記憶を取り戻す前は使っていたのだけど、前世にはそんな習慣なかったので頭からすっぽり抜けていたのだ。その努力のおかげですっかり上達し、なぜか城の使用人達の間で習字が大ブームになったのには驚いた。

「コンテスト参加者の募集要項も書きますので！　国内のだけですが」

「ユリアスの直筆となると参加者は予想より増えそうだな……。ああ、国外のものはそれをベースに俺が書く」

王子妃になってそこそこ経つが、他国の言葉は未だにマスターできていない。練習はしているのだが、王子が私を甘やかしまくる。それだけではない。他国の偉い人も私に会う時は大抵この国の言語で話してくれるのだ。手紙だってそう。だから将来困るかもと思っても、あまり危機感が湧かないのである。

「できたら渡しますね！」

「ああ」

王子に渡すため、募集貼り紙のベースを一枚作る。その後、便せんと封筒をもらって声をかける方へのお手紙をせっせと書いていく。かなりの数だったが、しっかりと気持ちを込めて書いた。お手紙を送ったら募集貼り紙の追加を作る。

「ハンバーガーとクッキーを描いたのか」

「こっちはミートソーススパゲッティ、こっちはお餅で……マフィンもありますよ！　イラストもあったほうがいいかなって思って、いろいろ描いてみました」

「なるほど。いいんじゃないか？」

「ありがとうございます。それでその手の中にある束はなんです？」

「この前の手紙の返事だ」

「え、もう届いたんですか？　送ったの一昨日ですよ？」

「王都に暮らしている者も多いからな」

城から近いとはいえ、昼前に検閲が済んでいるということはかなり早く手紙を返してくれたということで……。ゆっくり考えてほしいと早めに手紙を出したのだが、急かしてしまったかもしれない。

手紙の返事は全て『参加させてください』と書かれていた。また返事が早かったのはこの日にもらった手紙に限らず、かなり遠方にいる方の手紙も含め、二十日と経たずに返事が揃った。

とてもありがたいことではあるが、スケジュールは大丈夫なのか少し心配だ。無理していないといいのだけれど……

それらにお礼の手紙を送ってからすぐ、ラッセルと針子（はりこ）が主導になり、コンテストの準備を始めた。というのもすでに応募が殺到しているのだ。

日に日に応募は増えていく。それも国内外から。貼り紙効果は絶大のようだ。私が子ども達と遊んでいる間も、使用人達は大量の書類を抱えて廊下を行き交っている。

ちなみに一次審査の内容は、応募の際に送ってもらったレシピとデザインである。料理はラッセルが、ドレスデザインは私付きのメイドと針子（はりこ）が中心となり、審査していく。どちらも『グルメマスター向けのもの』というお題がある。

ただ技術を見せるだけではないのが、このコンテストの難しいところだ。といってもドレスはいつも用意してもらったものを着ているだけなのだけど。

二次審査は地域ごとに人を派遣して実物をチェック。三次審査でようやく王都に来てもらって、それをクリアした人が最終審査に進める。

私が話を聞かされてから最終審査まで約八ヶ月。早い。早すぎる。募集は一次審査と平行して行ったとはいえ、三ヶ月とかなり短かった。

特に国外からの参加者はとても大変だったと思う。募集もかなり多かったそう。そのためか早くも第二回の開催を求める声があがっているのだとか。

すっかりグルメな国としての立ち位置を確立している我が国の活性化のためにも、定期開催はするべきかと思っている。

そんな準備期間も短く、激戦でもある中で選ばれたのは、料理人と針子(はりこ)＆デザイナー達合計二十人。募集要項を書いたから厳しいのは知っていたけれど、まさかそこまでガッツリとふるいにかけるとは思っていなかった。

選ばれた人達のプロフィールを見せてもらったが、その分野の第一線で活躍している人から全く無名の人まで幅広く集まっているのはさすがだなと思う。審査に関わった人は「彼らの実力を審査した結果です」なんて言っていたけど。私自身、知名度は気にしていない。そんなことより美味(おい)しい料理と動きやすい服だ。その中で、今回の審査とは全く関係ないが、私の目を引くプロフィールの持ち主がいた。

「王子、この方のプロフィールを見てください。子ども服を専門としている方だそうです。提出したデザインも可愛くて」

「子ども達が気に入るようなら、別途頼んでみるか」

ドレスの審査基準には動きやすさが含まれている。学生時代に流行(はや)った『グルメマスターフィットネス』を筆頭とし、私がいきなり踊り出すことも想定されているのである。考えればいろいろとおかしいところはあるが、審査員と王子は「外せない」の一点張りだった。

そんな話をしながらも、グルメマスター祭の開催は着々と近づいていく。

祭りの三日前に現地入りした参加者には、王子と一緒に挨拶(あいさつ)させてもらった。まさか全員泣き出すとは思わなかったけれど。

そして、無事にグルメマスター祭一日目を迎えた。

「みなさん、今日は私のために集まってくれてありがとうございます。グルメマスター祭という、私の名前が付いたお祭りを開催できたこと、嬉しく思います」

用意されたカンペ丸読みの始まりの言葉が終わったら、マイクを王子に渡す。真面目な挨拶(あいさつ)は彼がしてくれる。いつもこの流れ。正直王子妃としてもう少し頑張らなければと思うのだが、誰も気にしていない。

参加者に至っては、優勝が決まる前から涙を流している。私が結婚したばかりの頃、国外から来た人は国民のそんな反応に目を丸くしていたものだが、今ではすっかりこの光景に慣れてしまっている。人間何事も慣れが肝心だ。

観客達の手には様々な料理がある。どれもラッセルの弟子達が出した屋台で売られている料理だ。そちらもすでに大盛況なようで嬉しい。

ちなみに料理部門の最終審査は、私が実際に食べてみて美味しいと思うものを選ぶことになっている。私の独断と偏見によって選ばれるなんて、と思わないわけでもないが、参加者全員納得しているのだから良いのだろう。

私も美味しいものがいっぱい食べられるからいいやと割り切った。王子も今日ばかりは食べすぎても良いと言ってくれたし。

ドレスの最終審査は料理の審査と同時に行われる。毎回ドレスを着替えて食事を行うスタイルだ。その際、動きにも問題はないかを審査員がチェックするのだとか。そしてデザインなどの点数を加えた総合点で優勝が決まる。なかなかにシビアである。

「それでは一品目、一着目の審査までしばらくお待ちください」

審査の順番は事前のくじ引きで決まっている。審査員と私、それから王子もどれを誰が作ったものか分からない状態で審査をするのだ。

料理の盛り付けと毒味がされている間、私は審査用のドレスに着替える。ドレスの審査はここから始まっている。

少し緊張するけど、ラッセルも認めた料理が今から十品も食べられると思うと心が躍る。審査がなければ今からでも小躍りしたい気分だ。

「踊るなよ?」

王子は私の気持ちを察してか、そんな言葉を投げかける。

「踊りませんよ。状態確認が変わったらフェアじゃないですから」

「そうだな。踊るなら審査が全て終わった後にしてくれ」

王子はそう言って、こちらに腕を差し出す。私は彼にエスコートされながら会場へと向かうのだった。

本書は、2020年10月当社より単行本として刊行されたものに書き下ろしを加えて文庫化したものです。


この作品に対する皆様のご意見・ご感想をお待ちしております。

おハガキ・お手紙は以下の宛先にお送りください。

【宛先】

〒150-6008 東京都渋谷区恵比寿4-20-3 恵比寿ｶﾞｰﾃﾞﾝﾌﾟﾚｲｽﾀﾜｰ 8F
（株）アルファポリス　書籍感想係

メールフォームでのご意見・ご感想は右のＱＲコードから、
あるいは以下のワードで検索をかけてください。

ご感想はこちらから

レジーナ文庫

悪役令嬢に転生したので断罪エンドまでぐーたら過ごしたい
～王子がスパルタとか聞いてないんですけど!?～

斯波

2023年7月20日初版発行

文庫編集－斧木悠子・森 順子
編集長－倉持真理
発行者－梶本雄介
発行所－株式会社アルファポリス
〒150-6008 東京都渋谷区恵比寿4-20-3 恵比寿ｶﾞｰﾃﾞﾝﾌﾟﾚｲｽﾀﾜｰ8階
TEL 03-6277-1601（営業）　03-6277-1602（編集）
URL https://www.alphapolis.co.jp/
発売元－株式会社星雲社（共同出版社・流通責任出版社）
〒112-0005 東京都文京区水道1-3-30
TEL 03-3868-3275
装丁・本文イラスト－風ことら
装丁デザイン－AFTERGLOW
（レーベルフォーマットデザイン－ansyyqdesign）
印刷－中央精版印刷株式会社

価格はカバーに表示されてあります。

落丁乱丁の場合はアルファポリスまでご連絡ください。

送料は小社負担でお取り替えします。


ISBN978-4-434-32291-4 C0193